*Scrittori indipendenti
del Vecchio Mondo*

P.E.G. D'Ascola

Assedio ed esilio

Romanzo

Edizione bilingue

ORIZZONTE
ATLANTICO

Premio Letterario Internazionale Indipendente, quarta edizione (2016), primo premio.

© 2016 Pasquale D'Ascola

Seconda edizione, rivista dall'autore.

Orizzonte Atlantico
www.orizzonteatlantico.it

Disegno di copertina: Desideria Guicciardini

ISBN: 9798758491126

ASSEDIO ED ESILIO

a mio padre
a Checco Rissone
a quei pochi che ho scelto
per mettermi al mondo

Io non sono i tuoi beneamati dati di fatto (...)
Tutti noi veniamo inventati.
James Hillman, *Il codice dell'anima* Adelphi

La parte migliore resta a sé
e ripida nella sua profondità
come la perla in fondo al mare.
Friedrich Hölderlin, *Iperione*, Feltrinelli

I vecchi soldati non fanno che combattere sempre,
in ogni nuova causa in cui si impegnano,
la prima delle loro campagne.
James Hillman, *La forza del carattere*, Adelphi

Ho visto attori fatti apposta
per parti non ancora recitate.
Ingmar Bergmann

You can't depend on your eyes when
your imagination is out of focus.
Mark Twain

But the fool on the hill
sees the sun going down
And the eyes in his head
see the world spinning 'round
John Lennon, *The fool on the hill*

Arrivano alla Mecca anche i pellegrini zoppi,
arrivano più tardi, ma arrivano.
Proverbio arabo riferitomi dall'amico Giuseppe (Joseph) Lax

I tiri burloni di Till Eulenspiegel.
Richard Strauss

PROLOGHI

Questo racconto è un'urna per ceneri mentali; e non sappiamo se questa frase sia un'inusuale dichiarazione o un interrogativo indeciso quanto enigmatico. Ceneri mentali è un'immagine che illustra il resto della vita di un uomo; la parte cioè che quasi di chiunque e di qualunque cosa, e non di rado avanti che il chiunque o la cosa siano stati estinti o *scordàti*, prima si presenta da fantasma, poi da leggenda, simile se non uguale alla persistente assenza di un profumo; dopo la rovina, dopo l'estinzione con il fuoco del fuoco con cui quel resto si è reso visibile, la cenere di chiunque e di qualunque fatto, è parola, canto, mito. Molti tra i lettori però, avranno senza dubbio in mente in che modo nel discorso del prete che ne officiasse il rito funebre, il più brutale mascalzone o il più verme tra i vermi rifulgerebbe quanto il più sfolgorante dei buonuomini o il più elegante tra i felini; oh ingloriosa gloria. Si saranno domandati questi osservatori del costume, come mai non è raro che del disgraziato si càntino le lodi avanti ch'egli s'indori la pillola da sé, morendo; tanto Hitler quanto i suoi mancati assassini sarebbero stati gratificati delle stesse vibranti note di compianto et ora pro nobis oh ingloriosa gloria. Per riguardo a chi tiene a queste cose, argomento del nostro piccolo àmbito non è per nostra fortuna un messia ma nemmeno un venditore di sabbia sulla spiaggia e, solo sullo sfondo, stanno i fondatori di recenti e malsepolti imperi. È un uomo egli, la cui memoria più di ogni altra ci è parsa padre di sé stessa; e madre, poiché di ogni cosa sotto il cielo si sa come la scintilla scocchi tra punte complementari; il tondo ovulo mal tollera l'affilato spermio, eppure eppure eppure. Al nostro protagonista non mancarono né padri né figli, anzi di preciso due, cui dobbiamo la particolare esatta abbondanza di notizie, insieme con le complementari omissioni, le smagliature, le lacune e i buchi che ci sono serviti a orchestrare i nostri raccontini; storia, storielle tali che qualcuno, povero o desideroso di padri, ne potrebbe magari trarre qualche beneficio, ci siamo detti, qualche elemento per sopportare e completare della propria vicenda privata il rompicapo. Questo augurio vale anche e soprattutto per altri, per chi è stato perseguitato invece da paternità monumentali e tanto pietrìgne quanto la pietra del commendatore per don giovanni. Vien fatto di aggiungere peraltro che qualunque comprensione è lacunosa, proprio perché non si comprende tutto e non tutto nello stesso tempo e nello stesso modo; dipenderà dai buchi che la maglia della comprensione di ciascun singolo presenta, quanto sono estesi, quanto sono riavvicinabili i loro bordi o, perlomeno, quanto sono intatti a loro volta e non sfrangiati senza, o quasi nessun rimedio. Per comprendere dobbiamo intendere, alla lettera, prendere insieme, alloggiare in noi, contenere, racchiudere includere, avendolo se e fin dove è possibile lo spazio per dare spazio al rammendo di ogni nuova smagliatura. È ovvio che qui si escludono gli argomenti della fede che al pari di qualcuno che meglio di noi lo ha argomentato costituiscono una sorta di suicidio dell'intelligenza. E si riguardi che nella nostra lingua d'origine, *che bella lingua il greco* tornerà qualche volta in questo piccolo contesto, intelligenza si dice in quanti modi, almeno sei, diànoia, frònema, frònesis, nòesis, nus, sìnesis. Un affare davvero complesso che non costituisce però l'argomento del nostro raccontare dunque, se fin qui il discorso pare oscuro non resta che continuare la lettura con l'avviso, e sia per tutti tutti tutti chiaro, che questa non è una di quelle amenità familiari in *chicchere e piattini*, benché in uno scenario piuttosto simile abbia preso l'avvio; non è una nomenclatura di *sante memorie, dardi volanti e volanti corsier*[i]; benché in cappa e spada, non si tratta a rigore di un romanzo.

Quello che canta il titolo è il racconto però di un assedio e del successivo esilio. Di che assedio, di che macchine e di che guerra, di quale esilio si tratti, nel corso della lettura ciascuno intenderà a suo modo i connotati della connotante metafora. Chi ha ascoltato e poi ha ricostituito imprese a lui estranee con il gusto di un assente che immagini ciò che si è perduto prima di averlo vissuto o visto, è quasi di continuo la voce narrante, la nostra; adescata, prima, da quelle spodestate memorie fino a sentire la necessità, dopo, di tradurle con parole che non fossero piccoli morti composti su cataletti di carta, ma occasione di un'epica contemporanea, meno antica ma chissà altrettanto incuriosente di una canzone di gesta minori.

L'innominabile

Persona costituita alla lotta e per conseguenza all'esilio e, tra casualties e casualità, corpo di cui nulla è rimasto benché tessuto di tempo del quale si può affermare che ciascuno ne getti più di quanto ne afferri, il protagonista delle vicende qui di segui-

---
i Otello, A2/5.

to narrate, avrebbe dovuto essere tramandato con il suo nome o riceverne uno assegnato da noi, con attenzione a travestirlo di plausibile inganno, un nome comune di persona, aldieri o bergamasco roberto o quel che sia, o di rappresentazione cioè di maschera per sentimental journey amid our most lovely memories. Lasciando da parte adamo che fu occupato per un certo tempo a dare i nomi alle cose cioè a far corrispondere la loro cosità a un enunciato, rendendosi così per primo il primo estensore di un vocabolario e benché in altre tradizioni questo ruolo nominativo se lo attribuisca da sé il dio soggetto del mito autobiografico, sono stati almeno in due e meglio avvisati di noi ad avere insegnato però che i nomi delle cose e delle persone devono essere i loro nomi, la denominazione incontrovertibile contro la quale cioè non può vertere nulla e nessuno, completa per quanto possibile di riverberi e associazioni, il lampo al magnesio che produce l'immagine e dall'immagine il ritratto; altrimenti i nomi non sono che sound, etichette, zigozigo, codici a barre privi di codificazione. In altre parole prima di chiamare cassandra o medea una bambina occorre che i genitori riflettano o ne sentano profondissimo il richiamo per non stupirsi se domani la prima parola della bimba non sarà mamma, ma morte; allo stesso modo del loro piccolo pietro, spèrino che nessuno possa caricargli le spalle della benché minima pietra onde non farne un esempio, un martire o, per disavventura, uno sfortunato architetto. Nominare è un onere oltre che la proiezione dei propri desideri; non è per niente che la scelta del nome per l'embrione è motivo di pensieri e ripensamenti, di indagini tra amici e parenti, di non rari conflitti tra apparenti. Eppure qualcosa del nome sfugge alla confisca del buon senso, del buon gusto, del dovuto, delle superstizioni familiari tanto che si potrebbe dire sia il nome a produrci, noi umani, ovvero che emana da noi fin dal primo uè uè e non viceversa; questo, nonostante paia verosimile che ai gatti e ai cani non dispiaccia essere chiamati artèmio o pelèo, anche quando e benché un fischio basti loro a capire di che fischio si tratta. Nell'impossibilità dunque di attribuire maiuscole, definizioni imperiture, nomi nominativi, noi, per indecente correlazione storica, abbiamo pensato di obbligare il nostro tipo, un eroe niente di meno, un decorato di medaglie rifiutate alla Resistenza, al nome di *Innominato*. Innominato in omaggio al tutore di tutti noi cantastorie di terra e di lago, e Innominato stante il suo ruolo di bandito davvero, non per grazia anzi per volontà malefica di una nazione schiava e per citare il *poeta*, serva e puttana e bordello oltre che di *dolore ostello*[i]. *Achtung Banditen*[ii]. Innominato infine poiché tale fu davvero il nome che egli stesso si diede, secondando il proprio gusto ribelle e un uso più guascone che necessario al segreto, nome di battaglia tra altri, tali *butterfly, bill, possènte, romèo, gigogìn o cagafuoco*. Un *senza nome* dal nome autentico dunque, l'Innominato, scritto o no dalle stelle; nome con il quale nell'autunno 1943 il nostro personaggio prendeva infatti parte alla sua non ultima non prima battaglia lassù, sui passi delle sue più antiche e maturate convinzioni, al culmine delle sue vicende giovanili e delle alpi immobili, dove innumerevoli resegoni sorgono prima del sole, a modificarne dei raggi la traiettoria.

Figli dei figli

Sono due cardellini dalle belle piume in una gabbia di velluti confortevoli e di buon gusto. Settimo piano. Supermercato giù sotto il blocco abitabile. Fuori dalle finestre plissettate si vede bene il degra-

---
i Dante Alighieri, *Divina Commedia, Purgatorio*, VI, 76-78ii. [N.d.A.]
ii Il cartello con cui le truppe tedesche segnalavano la presenza di partigiani/banditen. Lo stesso cartello spesso veniva appeso al collo degli impiccati. [N.d.A.]

dare della piccola città in cui i due, fratello e sorella, vivono senza esserci nati; non una *lisboa antiga* con fiume di acque confuse con l'oceano, non rotta e approdo di mirabili bastimenti, non luogo di partenze, ritorni, di epica dell'addio, di poetica del distacco, del sogno, ma lo stesso città d'acqua, di modesto e paesano sviluppo, di bella vista; divisa in settori da tre robusti torrenti e da un fiume largo che da lago si trasforma in lago e costringe l'abitabile dov'è, tra la tanta acqua che ne lambisce i piedi, e le spalle dei monti subito altissimi. Per il resto, sparse tra una casetta con giardino, un'aia, un prato, una chiusa, una chiesa e un'altra e un'altra ancora, tra le vestigia di un piccolo borgo inurbato e un block e un altro e un altro ancora, tra panni al vento e armadietti da balcone ecco, appoggiati i muri delle une agli altri, peggio di soldati allo sbando, ecco fabbriche mutate in ossari per presse e trafile, e dalla propria inattualità tecnologica e dalla crisi economica, una delle tante che lo zio-mercato inventa per salvare il proprio principio ispiratore, ovvero fottere e far chiàgnere. Si cerchi di immaginare il frastuono di eccentrici, pompe e flessibili che, in giorni lontani, deve essere salito al cielo dal fervore dei capannoni, insieme con l'odore dell'olio bruciato, olocausto a dèmoni più che a dèi; si snasi con la fantasia l'afrore dei liquami di lavorazione che un tempo deve avere colorato dei bei colori dei migliori veleni le dolci acque che nei torrenti scorrono oggi *chiare et fresche*, come nella nota canzona del noto avignonese petrarca; ci si figuri su tutto ciò, l'oggi di operai fatti valvassori e valvassini del capitalismo, una nevrotica classe media che media, e a volte ci riesce, tra miseria e relativo benessere, chi lo sa.

Sono due fratelli i cardellini, alta la femmina, e asciutta come una puntina da disegno asciutta. Per un colpo della fortuna matrigna riescono a vivere di una pensione che a molti è e sarà negata; soggetti da composti conversari, con poco tempo dinnanzi a loro e molto tempo a disposizione, paiono cardellini appunto, ai quali basti un po' di sole, dopo pioggia, vento e bufera della notte, per tornare a simulare dell'allegria un canto. Infatti lei è cantante, cioè maestra di canto, pensionata dalle lunghe e ambiziose mani, non trascurate dall'artrosi, l'alito appena appena pesante e in contrasto con l'odore del rossetto, a starle vicini. Già urologo lui all'ospedale generale e cellista dilettante e ostinato; per alcuni anni con la sorella e con un amico che ombra è divenuto da tempo, hanno costituito il semi sconosciuto *trio del bell'agio*, le vestigia dei concerti del quale pendono alle pareti dell'appartamento sotto forma di locandine e programmi di biblioteche, sale parrocchiali e circoli culturali, sempre parrocchiali. Di corporatura apoplettica, un ictus, benché di lieve importanza, ha di recente costretto lui, benché minore della sorella, a sospendersi dall'esercizio dell'arte medica e del cello; di quell'urto con la biologia l'esito è un braccio sinistro che di nome e di fatto tende a dire merda all'altro, e a molte delle richieste che gli arrivano dal proprio sistema nervoso. Stanno benino i due nella loro bella cornice vezzeggiativa; lei dava un tempo anche frequenti lezioni private, ma chi vuole più o ha tempo per cantare; la crisi, la stessa di cui abbiamo già detto, ha evaporato gli allievi e qui nella piccola città sono pochi i korea, i nippon, i cincinési, che si preparano per l'ammissione a un conservatorio. Lui lavora in un istituto medico privato con un incarico consultorio, definire il quale interessa a nessuno; i due amano i cioccolatini, li comprano all'ingrosso da un fabbricante locale, parlano francese tra loro per via di madre, ma non sempre; e i tavolini e ogni piano utile dell'appartamento, compreso il piano di un ingombrante piano color mogano sono seminati di classici della letteratura in francese e spartiti, i vocalizzi del concone (1801-1861), e, qua e là, souvenirs e attestati d'ammirazione degli allievi di lei, *grazie cara maestra/maestra mia/alla più brava maestra con stima/affetto/riconoscenza suo/a*, chiusi in cornicette sottili noce scuro, unghia oro. Dominano il cerchio privato della loro epica, gli indizi del loro eroe personale e domestico, le prove del suo valore militare, e tutte le possibili carabattole del culto di cui oggetto è da sempre il loro padre, culto per ritrovare la ragione del quale, se possibile, ci troviamo qui in questo salotto. L'innominato, il babbo. Lo chiamano così; un babbo che, nel corso del tempo, sentiremo ingrassare al corpo 16 di un *bodoni* grassetto e tutto maiuscolo per poi assottigliarsi a un leggero obliquo *helvetica neue*; un babbo destinato a un eterno natale ma in ritardo perché morto troppo per tempo, *desaparecido* alla propria epifanìa. *Il babbo sapete*, attacca indicando la cucina, ma non prosegue e sospira, lei, quasi fosse la custode della mangiatoia di gesù bambino; ci si accorge che la voce le si incrina subito, come una delle sue tazzine in biscuit, allestite per il tè su un immenso vassoio, pronto su un tavolino al centro di un anfiteatro di poltrone dal disegno, anche quello, francese; tazzina la quale in effetti abbiamo notato recare in un punto, un nonnulla s'intenda, un piccolo intaglio, che un domani potrà farsi breccia nel suo corpo bianco e sottile. Dopo un attimo meditativo dunque, si ripiglia l'anziana sorella, *Il babbo stava spesso alla finestra in cucina a guardare di fuori... Guardava*, ripete, *A lungo*, ripete, *A lungo*, di nuovo, vaga canticchia il refrain di un'arietta perduta, *No one seemed to wait for to wait for*.

Un'altra pausa che lui, il fratello, utilizza per sgranchirsi il braccio sinistro artigliandolo e stirandolo con la mano destra con il vigore di un fisioterapista. *Dopo il fallimento... dopo che ci fummo trasferiti da ***,* riprende da dove s'era fermata la sorella, *Non stavamo qua in centro sa... un po' più fuori su in alto per spendere meno... traslochi ne abbiamo fatti... sa il cielo... beh poco importa... trovammo questa casa più tardi quando noi fratelli eravamo già grandini e alla fine... il babbo in salotto non stava quasi mai... non gli piaceva... è buffo sempre in cucina.* Riprende posto nella bella poltroncina dal disegno francese, aggiusta i pantaloni da vecchia signora, dice, *Non gli piaceva.*

Ma non è così sororilla, interviene lui e notiamo quel termine *sororilla*, sospeso sull'orlo dell'ironia, *Diceva che si sentiva in prestito*, continua lui, *Era un nevrotico imponente e depresso che adorava il proprio star male... in cucina aveva fatto la chiesa e l'altare alla sua depressione... curarsi mai ma insomma mangiava pane e benzodiazepine... ne ricordo ancora una... librium... da ultimo... la guerra stordisce questi ed esalta quelli e lui lo rovinò... dico a parte il crollo vertebrale verso la fine... si serva di questi cioccolatini sono unici,* ha appena finito di dire che tuffa per primo due dita destre in una generosa guantiera. *Si sì ma ti ricordi*, ci tiene lei a interloquire, *Che diceva diceva... mi sento un maggiordomo prestato diceva... non ti ricor-*

di. *Certo che mi ricordo,* è la replica, *Era complicato il babbo... abbastanza sì. Abbastanza,* conferma lei, *Non gli si toglie nulla a dire com'era... non è vero signore,* chiede lei cercando la nostra comprensione quasi fossimo lì con la facoltà di stabilire un discrimine tra ciò che è e ciò che non è lecito dire di propri e impropri genitori; sorride, *Veda che non sapeva cucinarsi un uovo ma la cucina... soprattuto nei giorni di pioggia... qui piove più sempre che spesso... un prigioniero che abbia interiorizzato le dimensioni della propria cella e vi si sia accomodato.*

Il bollitore per l'acqua del tè fischia inatteso, si sente il rumore del tappo che salta via dal beccuccio e caracolla sul pavimento, ed è il fratello a saltare anche lui su come un tappo dalla sua poltrona, fila in cucina, si sente un gorgoglio di acqua versata, torna con un'enorme teiera salda nel pugno destro, indica con il mento una sedia d'angolo accanto alla finestra del locale cucina, *Quella seggiolina... era il suo osservatorio... per ore a volte.* Deposita la teiera su un grande vassoio accanto alle tazzine pronte, l'operazione lo mette a tacere. Lei ripete, *Guardava e se si accorgeva che noi lo osservavamo divertiti e anche un po' stizziti che il babbo si fosse reso così inafferrabile e; Come in esilio,* suggerisce infine il fratello senza attender conferma dell'ipotesi e seguita, *Si voltava a guardarci... mi viene in mente adesso...* dico con il fare di qualcuno che appena salito sull'autobus... si accosti a un finestrino e appoggi una mano aperta sul vetro e saluti... l'autobus parte... un film... il lungo addio ripetuto. Questa immagine capiamo bene che nasconde un ricordo dai tratti più intensi di quelli che il tono della voce e la trascrizione che ne abbiamo appena fatto siano riusciti a far intendere, capiamo anche che essa non c'entra nulla con il babbo e che *qualcuno* è probabile signifchi *qualcuna*; il nostro mestiere è di essere intuitivi, non c'è che dire. *A dire la verità hai ragione*, commenta lei, *Il babbo è stato sempre lì lì per partire eclissarsi;* si interrompe la cardellina, e dà l'impressione di una professora di matematica distratta dal cigolare sgradito dell'uscio e subito dopo, quasi si trattasse di una minaccia diretta alla propria autorità, urtata dall'apparizione di una studentessa, in ritardo sì ma bellissima, un reato accademico in sé, *Dopo... quando morì la mamma*. Voilà mamam pure è esistita e si precisa che d'origine era della lot & garonne - aquitania e si sorvola che morì di un infarto, fulminante come questa sua comparsata nel discorso. *Dopo... quando morì la mamma*, ripete a parte, si aggrappa al manichino della sua tazza, beve un sorsetto, la ripone sul suo piattino, quasi fosse la penna di un pittore cinese incerto sul foglio se attribuire o no a quella donna la linea di un'ombra che l'avrebbe perseguitata con la sua assenza per sempre; così come senza fare niente fanno spesso le cose che ci mancano e che pure ci costringono a un dolore di continuo rinnegato o, meglio, a una sorta di consapevole e inconsapevole omissione del dolore, tale che trovarne la descrizione che ce lo renda oggetto non confuso con noi, con il nostro stesso essere, è difficile; simili in ciò al soldato, tanto assimilato alla propria guerra da scordarsi di esistere, già sincronizzato con un proprio e insieme collettivo e già antico non esserci più. Segue un altro piccolo silenzio, la cui durata reale non è più duratura del vapore che sale, fantasma tiepido, dalle tazze di tè; uno schiarirsi della voce che sappiamo essere la necessità compulsiva e del tutto immaginata dei cantanti e finalmente, *Dopo... quando morì la mamma... il crollo vertebrale,* capiamo che la cardellina riporta il fuoco sul babbo, *Non so se... il corsetto d'alluminio... si figurerà camminare le difficoltà... vestirsi... lui indipendente... sempre in giro... i monti... anche se ci aveva... ci era quasi morto... continuavano a chiamarlo... lo richiamavano... e dopo... si assentò del tutto.* Stop di nuovo. I cardellini, entrambi adesso, si vede dai loro corpi in ben ricamata fermezza che cercano qualcosa da aggiungere al bilancio della conversazione; forse che la madre trascurata, forse trascurabile, li amava; forse che di un amore trascurato e chissà trascurabile amavano quella donna, la cui sagoma passando e ripassando ancora per poco tra le loro memorie, le punteggia, con la chiara intenzione di sospenderli a un non detto.

Tacciono.

Dov'è dove lo avete, domandiamo noi accorgendoci subito dopo che non sappiamo da quale nostro anfratto quella domanda è sorta, impertinente, fuori da quel luogo, ci domandiamo se potrebbe essere irriguardosa, non sappiamo come cavarcela, *Scusate... forse*. I cardellini si guardano l'un l'altro mentre lei, spòrta in avanti sul tavolino, ha preso a versare altro tè dalla teiera nelle tazzine, la sua, la nostra; è bello il fumo che si leva di nuovo per aria; *Nel vento*, risponde lei con tono grave, non riusciamo a capire se ricorrendo al proprio passato operistico o solo alludendo al refrain di una canzone antichissima e mediocre, ma interviene lui di cui abbiamo indovinato l'attitudine propria al suo di passato, chirurgico, e dunque di scarsa propensione ad assimilare la vita a un clavicembalo, per bene che sia temperato, *Ah questa è da ridere sa*, esclama e si frena per servirsi dello zucchero che versa copioso nel suo tè, lo mescola finché si è sciolto, nel tempo in cui lei ha il tempo di porgerci la nostra tazza, niente zucchero, e di prendere la propria, tre cucchiaini, e riaccomodarsi con un visino che situiamo tra la tristezza e il disappunto, *Qualche anno fa siamo riusciti a riscattar-*

ne le ceneri dal loculo... vecchia legge... murare e pagare... maman, è incredibile ma davvero dice maman, Lei... se le interessa è invece sepolta al suo paese... una baciapile... da vecchia si sa... chiesa gallicana... vangelo gallico sempre sul comodino... volle così... allora bon andiamo su pei monti a disperderle le ceneri ma, ingolla un cucchiaio di tè, *Tagliato il piombo che sigilla la scatola di zinco... l'apriamo e dentro al telo bianco da non credersi... un'archeologia di ossicini calcinati... ma grossi mezza vertebra un condiletto... gramolata... da vedere... indisperdibile capisce.* Pausa. Dalla teiera l'infuso passa di nuovo alla tazzina, e tre, di lei che, è curioso, si attarda a regolare di uno zic la posizione della preziosa scatola del tè posata a far bella mostra di sé sul vassoio scintillante di pinzette, piattini, dolcini e dei famosi cioccolatini, i *souvenirs pieux* sono costosi e gustosi. Lui seguita la relazione, *Bene allora tornammo a casa con tutto l'ambaradàn... scatola sigilli telo e... giù tutto nel tritatutto il particolato... vroooum in pulverem reversus... Aspettammo una giornata di vento e salimmo di nuovo in montagna.*

Già, conclude lei.

Babbies

Nostro nonno, dice il chirurgo e sciorina delle foto. In una di esse l'uomo è ai remi di un moscone, patìno o pattìno, e finge di remare per obbedire all'ordine del fotografo, *Fermi;* l'imbarcazione sciaguatta, un niente di spuma bianca lungo il bordo dei galleggianti. E lui sta fermo. Sorride ma non ci vuole molta immaginazione, è il tipo di persona che i sorrisi li centellina a ragion ed occasion preveduta, per durezza chissà ma non per rudezza di carattere; il volto tondo mostra intelligenza, di sicuro maggiore di quella che nasconde e che non gli serve per fare il suo mestiere pratico, tecnico ma, dopotutto, ha appena inventato un metodo modulare per allestire vetrine di negozi in un battibaleno e basato su un'intuizione che variamente rinnovata e utilizzata, passerà ai concorrenti posteri e altrove all over the world; guadagna molti soldi e li sperpera per il gusto non raro di ostentare indipendenza e potenza, anche virile; può prendergli l'estro di ordinare spumante al ristorante e solo per rallegrare i suoi ospiti con i botti dei tappi; quante cose può rivelare una foto quando più dell'evidente mostra l'invisibile. Le immagini in fondo andrebbero guardate da dietro. Accanto a lui una donna imponente, la moglie, la seconda, capelli chiari, gli occhi strizzati dal sole, la testa reclinata sulla spalla sinistra. Anche nell'istantanea seguente, benché l'abbia colta ben dritta e in cammino lungo una strada affollata di gente e vetrine, la donna lascia cascare un pochino il capo a sinistra, la ricca chioma trattenuta in molteplici accrocchi; chissà li sciolga nei momenti di intimità con il marito, impeccabile in pubblico nel suo completo estivo doppiopetto che ne sottolinea la rotondità e la bassa statura che la natura gli ha offerto, che porta però con disinvoltura benché si tratti di un uomo sui quaranta nel tempo della foto; ma c'è da dire che intorno, nell'inquadratura, tranne la moglie che lo supera di una spanna, forse per questo tiene la testa di sbieco, anche altri passanti non sono perticoni. Con la mano destra l'uomo regge un bel cappello panama. Nella foto sembra faccia un gran caldo. Dalla mano sinistra levata in saluto, si direbbe a chi scatta, anche nel bianchennnéro, arriva il lampo brillante, sicuro di un chevalier.

Il babbo del babbo viene al mondo sul finire del XIX secolo, in una città grecanica, arabica, remota, marittima città che, appresso ai giorni di un natale come tanti, soccombe a un terremoto d'inferno e l'inferno la inghiotte o quasi. Ciò che in piedi resta, esplode, prende fuoco la rete del gas, un ciclopico rogo se non che, sollevate da un rutto dal mare, onde, altroché, forza cento nettuni, sulle fiamme si schiantano, le spengono e affogano chi, tra gli abitanti non scappati verso i colli, alla macchia, negli orti circonvicini, si credeva già sopravvissuto alla terra e al fuoco, nell'innocente ipotesi che le spiagge fossero sicure. Tra i morti, gatti, cani, polli, quarti di carne delle macellerie, già il colera nei liquami sobboliva. Quando le navi da guerra intorno, la makaroff, la slava, la cesarevič, l'euryalus e la duncan, la asturias, la napoli e la spica e poi la fanteria e il re coi pennacchi e i ministri, le dame di compagnia della regina e lei stessa, travestite da crocerossine, arrivarono non presto non tardi, i morti da contare si dice furono 120.000 che è un gran bel numero sapendo che la rovina durò un minuto, scossa più scossa meno. Su tutto scese infine una pioggia grigia, un pesante broccato, un sudario. Ma il babbo del babbo da quello sfacelo era lontano da tempo sicché alla tabula rasa di familiari e parenti e conoscenti non poté né partecipare come vittima né portare il benché minimo conforto morale o materiale di sopravvissuto ai sopravvissuti.

Per un certo tempo da un tempo incerto egli vive altrove, un altrove piuttosto lontano, sempre in una città di mare con la sola madre, divorziata da un uomo, padre del padre del padre, nessuna utilità nella storia, disperso tra i dispersi alla stazione nella notte fatale, e amante, la madre, di un altro; ce lo dobbiamo immaginare quest'ultimo, ed è facile, più attraente o sotto il profilo economico o sotto quello delle lenzuola, profili peraltro che, quanto i corpi, possono sovrapporsi. Alla parola divorziata una parte dei lettori, di pie limitazioni o storiche malizie, quelli che seguiranno senza rivoltarsi questa narrazione, e senza averla già trovata rivoltante, avrà sussultato formulando l'ipotesi che chi narra commetta un errore di cronologia. No, non c'è errore, mettano invece in conto che il nodo ferroviario e familiare del babbo del babbo ospitava una non piccola comunità luterana, ma non si chieda a noi il come e il perché. Del resto il terremoto ha fatto il resto. Sa *la langue* la madre del babbo del babbo, tanto da insegnarla prima del divorzio e tanto da imporla al figlio che, di suo, nasconderà fino alla morte questa sapienza. Nell'intervallo di tempo tra questo evento definitivo e l'altro molto crepuscolare, procedendo a ritroso nel tempo, l'uomo ha avuto tempo e opportunità per affrancarsi dalla madre, può darsi persino sia morta; libero dunque ha vissuto in un'altra città, ancora più lontana e ancora una volta sul mare, ha per i tempi frequentato molte scuole e imparato oltre che *la langue*, il germanico e un dialetto dell'est appreso invece per strada, lavorando d'estate e d'inverno, d'autunno e in primavera e di notte in genere, ad allestire vetrine d'esposizione nei negozi di lusso, e nei grandi magazzini. In quella città di ricchi commerci, di navi, di caffè tanto abbondante che quel che si smarrisce per strada dai carri nel tragitto alle torrefazioni, arricchisce il risparmio di molte oculate e operose e furbastre famiglie che se lo pagano ramazzandolo; in quella città del duplice impero l'uomo si sposerà e avrà un'amante; la prima moglie verrà contata tra i cinquanta milioni dell'ecatombe spagnola; l'amante pertanto, diverrà la moglie seconda, la mamma dell'innominato; molto vecchia passerà dal sonno alla morte in un lettino d'ospizio per vecchi, senza sussulti, reclinata a sinistra come ha vissuto gran parte della vita. Il babbo del babbo, scampato alla guerra, la prima, la grande, abile sgambettando tra confini, passaporti e la sua faccia di bronzo, morirà dopo la guerra successiva, assai dopo la sua fine, in un letto di pronto soccorso, di polmonite. Tra le foto, molte non sono, l'ultima della serie ci colpisce, ci mostra il babbo del babbo, al finire di un pranzo campestre sotto una pergola, volto lo sguardo all'obiettivo un attimo prima del, *Sorridete*; estate, sempre, sul tavolo alle sue spalle, molte bottiglie e piatti e bicchieri, volti ignoti in secondo piano, ma tutti a fuoco per virtù delle pellicole antiche, lente, e degli obbiettivi a corte focale.

Essere è essere percepiti, pare domandi il babbo del babbo dalla foto a chi lo osservi dal tempo di qua, o a un'ombra del limbo, ma non all'operatore presente dietro il mirino, forse di una Voigtländer a soffietto. Può darsi di sì può darsi di no e in ogni caso sono affari miei, sembra che il babbo del babbo stia rispondendo alla domanda che gli si è posta.

Assedio

MCMXXVII – anno V dell'era fascista[i]

Iperboli. Il niente si gonfia di iperboli e l'iperbole annienta. La città imbardata, inorbata, sbilenca sotto il peso dei labari neri, gagliardetta e impavesata dei tricolori di quella bassa monarchia da periferica époque, che ai suoi braccianti personali ha fatto vincere la guerra, una gran bella guerra, la prima moderna, cannoni a milioni, lanciafiamme, carri, mitragliatrici, acciaio tonnellate, tutta un'industria, e gas e mazze chiodate per coronare di spine il sacro macello dei cui resti la terra chissà se ha finito di strafogarsi; la terra infatti è un ciclope dai mille duodeni, intestini vulcani, spolpa, corrode, gradisce, caccia giù nelle proprie interiora profonde e sbroda e cacca tutto quello che può, ferramenta e rottami incombustibili a parte, in quel grande fecalòma tondo e rotante sull'asse suo proprio, al sole a indurirsi

---

i E.(ra)F.(ascista): denominazione voluta da Mussolini nel 1927 per segnare gli anni della sua Era, a partire dal 28 ottobre 1922 (Marcia su Roma). Intestazioni, date di stampa di libri e giornali, date di costruzione di edifici privati e pubblici andavano scritte come da calendario, e dal corrispondente anno dell'era fascista. 1927 nel nostro caso, Anno V E.F. [N.d.A.]

vieppiù; bello tosto, inestirpabile dalla garguglia della via lattea, finché non esploderà. Sicuro che se scavi per piantare cipolle tra i confini di qua e di là , di su o di giù, ti spunta ancora da sotto il badile una mano o tutto un braccio mummificato, un reperto di militi ignoti. Per tanto trionfo della morte si allestisce cada anno una festa di paese che andrà avanti per anni e anni negli anni a venire. Tutto tutto tutto un fermento di scarpette allegre e cappelli e negre berrette, parenti, apparenti e vedove, di uomìni e donnette piccìni piccioni un formicolìo, al trotto e al galoppo di gambali valghi, cioè di ginocchia in fuori, di presunzioni, di musoni, faccioni, apoplessie, teleangectasìe e rosacee; una festa, non è ancora arrivata la crisi del sistema, tanto per farsela addosso la festa, a bere, disossare, scarnificare a furia di denti cosciotti e lombate. Tranne per il buon dottore. Il dottore, no, di tutto questo non ha piacere, da giorni va tutti i giorni in via*** quarto piano a visitare l'innominato, adesso è un piccino di anni cinque catturato dalla polmonite. Stante che fleming alexander non ha ancora capito l'alchimia del lisozìma, il piccolo morirà o non morirà, il medico non ne è ancora sicuro, può essere che sia già deceduto, adesso, nell'intervallo tra la visita nella notte di ieri e questa che ha da venire. Il medico si avvicina alla casa con la stessa consueta impressione di chi è ben capace di diagnosi, che ha un armamentario di pressioni, di tic toc stetoscopi, martelletti e spècoli e lenti, ma poi non gli è dato affrontare, non diciamo curare, molti dei mali che oggi, sì, le darò qualche giorno di malattia. Alla data indicata, una polmonite si cura con asciugamani bagnati, aspirina e trepidante pazienza; a volte si tenta l'immersione del paziente in una vasca, oggetto che con lo scaldabagno segnala un superbo traguardo sociale, in una vasca d'acqua gelata, waterboarding terapeutico, del tipo si sa che, *Oh l'è andata o l'è spacciato in ogni modo*, rimugina il buon dottore; lo si immagini con sigaro in bocca e colletto allentato se l'immagine piace. Ieri notte, che la febbre saliva saliva ci ha provato, giù nell'acqua ghiaccia, orologio alla mano, poi frizione con olio di canfora, serva o non serva conforta, poi il piccolo, esausto, fatto su in un involto di lane, ha auscultato di nuovo, e, quasi sapesse davvero cosa stesse facendo ha annunciato, *Lasciamolo dormire ché torno tra qualche ora*, ha detto, ed erano le due della notte. Ora il buon dottore va a vedere se ancora il piccolo o dorme o ha già gli occhi aperti con quel tono stralunato che talvolta hanno i morti, fossero chissà stupiti dell'improvvisa falce, e non di luna calante, che li ha separati da sé e dal resto del mondo. Sull'uscio lo accoglie il piccolo padre, piccolo perché 161 centimetri di altezza e già calvo nonostante sia un giovane uomo. Spalanca il battente per far passare il dottore che avanza imitando il destino; il piccolo padre lo segue nella stanza da letto odorosa di mugòlio, di amaro, di sudore rappreso. In fondo al suo lettino di bimbo, il piccolo innominato è disteso su tanti cuscini, quasi seduto, sotto le coperte ancora tirate su fino al mento; ha un braccino di fuori però e stringe la mano della madre che con l'altra gli versa in bocca con grazia di rondine, cucchiaiatine di un caffellatte denso di pane inzuppato. *Non ha più febbre*, dicono gli occhi e la voce della madre al dottore; le sue, della madre ciocche bionde, disfatte dalle veglie toccano il viso del piccolo, e intanto sono lacrime di liberazione. Il piccolo si guarda intorno, spalanca gli occhi allo sguardo del medico. È già un reduce.

Fermo con le mani

In un paese destinato a essere per omnia sæcula sæculorum amen, dominio della stessa ossessione posata sui due pietri angolari e congiunti della razionalità delirante e della follia senza il metodo del dubbio, e e e nonostante la tiepida, pressoché inesistente ma socialmente consapevole aspettativa dei genitori, l'innominato arriva all'età delle prime comunioni. Le bimbe travestite da sposine, il piccolo le ha viste sfilare l'anno avanti, fuori dalla parrocchia che beninteso nessuno di famiglia frequenta, con determinazione non per caso in nessun caso ma, quelle bimbe sposate all'immagine delle loro mammine madrine incipriate, gli sono sembrate ancora più orribili in bianco di quando, ingagliardàte da zii molto occhiuti, sfilano in basco e gonnella, camicina, calzini, bianche e negre uniformi, forcine ai capelli, unti magari, tanto per far festa al sabato fascista anche loro, povere bimbe, ché altrimenti giù a casa a far compiti e rigovernare, finché non si riterrà opportuno che a una donna per vivere basta e avanza sapere quel niente che sa di parti e doveri, cattolici, coniugali e domestici; le più fortunate avranno dalle madri la rivelazione che a tutto aggiustare arriva l'amore, non si sa né quando né come, pellegrino ma arriva, e quella cosa, un rossore, un calore, un orgohssì boh sì talvolta, vedere santa teresa, quella d'àvila, ma benché ma benché ma benché, di marmo di fuori. Ancora più orrendi che in fez e bianche giberne sul nero, invece gli sono sembrati, sempre all'innominato, i bimbi pettinati a saliva i meno, a brillantina i più ricchi, in abiti grigi, prestati, passati, rivoltati e voltati, paggetti per nozze paesane, stupidi che non sanno a che peccato votarsi pur di levarsi dai piedi i pretastri e le loro domande velate da dietro le grate confessionali; i più furbi della schiera innocente, quei che non si lavano certo le mani dopo le loro funzioni, grandi o piccine in gabinetto, dunque i più adatti alla vita com'è, han capito ma son cose che shhhh, se ne ride, ci si sganascia feroci e, tanto, basta dargli un po' l'offa, al prete, d'intravedere e poi nix nux dux, nisba o altrimenti all'armi siam fascisti terrór dei pederasti. Così anche all'innominato, benché il suo carattere abbia fatto una bizza molesta all'annuncio che gli sarebbe toccato il catechismo e la comunione e cose il cui genere, scopo e sostanza gli è alieno, cui è ostile, che mai capirà e che gli piovono in capo come di piccioni in piazza le deiezioni, senza preavviso alcuno cioè dal momento che non sa e non ha mai visto segno di croci né segni di croce sul petto al padre o alla madre; giusto alla sorella, senza farci troppo caso, sì a lei che l'innominato ama e dalla quale è riamato nonostante sia, la sorella, più grande di due anni e già governabile e irredimibile e incline a inclinarsi fronte alla patta aperta della patria, invidiosa di pèni, così anche all'innominato, che fantastica ore e ore di tunnel sottomarini ed automi e vascelli volanti che volano nei romanzi a puntate, anche all'innominato tocca perdere più incanto che tempo, sotto l'occhio da nibbio del prete che insaliva i racconti; e ascoltare di trinità senza monti e di vergini, vergini che mai vorrà dire, di cose senz'ali campate per aria ma, con le mani svelte; quelle del prete che un bel giorno cerca di inculcargli l'eguale invarianza tra amore di dio e di uomini che concedono ai pueri di venire ad eos per os tra il trasvolare delle tonache loro. E parla e straparla, è tutto un roseto di labbra e pornografia e di ancora e ancora saliva il marpione padre pio, e scivola intanto di mano, or su un ginocchio, or ginocchioni su una coscetta fino alla braghetta e mah, strilla l'innominato; in un film dell'oggi gli farebbero dire cose *vastàse*[i], ma in quel tempo i bambini non sanno le maniere buone a far ammosciare le mutande agli adulti. Sicché strilla,

---

i Siciliano per abbietto. [N.d.A.]

scalcia e scappa e corre, poi piange anche un bel po', testimonianze casuali. *Ehi ehi ma via figliolo qua qua*, grida il prete inseguendolo senza parere, per dare alla sua immagine di patriarca in riva al mar rosso, il contegno cui si avvince ogni mattina al suo specchio, per mantenere la faccia e la tonaca ben bene allacciate, a rimediare il fallo, oh già, non consumato, e per creare alibi alati alle incertezze, ai sospetti senz'oggetto delle anime scempie intorno e maligne, le stesse però che si assenterebbero da domande e risposte, là nel cortile; se mai dai carabinieri ma nemmeno, omertà, per così poco. Però di lì a poco il padre, quel vero, il biologico dell'innominato, affronterà l'altro, il preteso padrino, con le forme dovute, la fermezza tranciante tuttavia delle parole e il pugno pronto a levare un definito confine all'abuso. Da quel giorno niente preti, nemmeno per avventura, nemmeno ai funerali, nemmeno al proprio, nemmeno nondimeno. E niente carabinieri, oggi. Lo scandalo si coprirebbe di amen e sorrisi.

Condottieri

L'uomo maschio, nella fantasia popolare, è cacciatore in stivali e montatore di storne e ardenti cavalle, stivalerizzo dunque. Lo stivale a differenza del calzino bucato è segno sicuro di potere sulla natura selvaggia di vipera e di strega delle femmine che, per voce comune, dopo le capre sono i più utili tra gli animali. Benché meno docili di ovini e caprini, ovari che s'amano perché in egual modo patetiche quando belano, *fa' di me quel che ti par,* al conquistador. È storia nota e vecchia. Così un paese intero, che geograficamente parlando è espressione poco espressiva di detto stivale, di questa immeritata configurazione allegorica ha preso gusto e si è indossato da sé. Dopo il colpo di stato o, a guardare, la rivoluzione al rovescio e unica nel suo genere fatta dai baroni per abolire i villani, il gusto dello stivale ha catturato il piede dalle dita corte dei più e ha messo loro il diavolo nel tallone. Eccole torme di stivalati che percorrono le vie e le strade campestri a irrobustire l'ordine nuovo al suono di schiaffi e garrire di bastoni. Il qualsiasi e, assai peggiore il degenere, tutti si ergono nei loro stivali. L'innominato, sopravvissuto sette anni prima alla polmonite non indossa stivali invece ma le comuni scarpe stringate, alte fino al malleolo e, al moschetto, preferisce i libri, anche quelli difficili nonostante la sua piccola età. Così si astiene da parate obbligate, trova pauroso, di malaugurio il passo degli stivali, il battere sonoro dei tacchi; senza stile e rigore il nero severo, che pure di stile averne dovrebbe, ma che mal indossato veste una larva più che un uomo. È già un ragazzino che ha i suoi gusti insomma e in casa nessuno che lo contraddica; nessuno tra i suoi ha piacere alla vista di tutti quegli uomini neri davvero, di là d'ogni favola. Eccoli fuori di scuola, dalla scuola media che allora si chiama ginnasio, 5 classi prima dell'augusto triennio liceale cui l'innominato ambirebbe. Eccoli che vanno incontro al ragazzino, dieci come i comandamenti hanno dieci anni più di lui e pregustano l'ammorbidimento della carnina tenera, sono lì per quello. *Ehi voi*, è l'appello barocco di quei bravi, seguito dall'esigere ragione per le assenze ai corsi di bella guerra, formulato in un soffio prima che al diniego dell'innominato succeda un ceffone e una spinta, e poi ancora; il piccolo innominato e tutti i suoi preziosi libri piombano a terra; poi manganelli dum pum tum sugli ossicini infantili, dum pum tum, e i talloni schiantano i libri, e mani selvagge li agguantano, slasch slasch slasch li lanciano in aria perché si squadèrnino, strappa strappa libriccino, ché all'uomo à la mode sapere e studiare non serve ma nerbo di bue tra le cosce e cuor di lenóne trincerato del petto. A qualcuno tra i dieci viene persino l'idea generosa di sbottonarsi per annaffiarle, le pagine di una fiammante *leggenda di enea*. E qui, in questo istante, succede l'imponderabile. Il manganello e gli stivali infatti sono abituati alla prona, femminile, tale o immaginata sudditanza della vittima, godono nel sentire, e non di rado, il frantumarsi di ossa insieme con le invocazioni, i singhiozzi, le preghiere, l'umiliazione dell'uomo ridotto a tappeto. Niente di tutto questo. Un secondo dopo avere preso le prime botte l'ossuto corpo dell'innominato si scuote e, quando vede i libri subire lo scempio senza potere rivendicare il loro diritto, benché già sia stato afferrato nel tentativo ordinario di dominarlo, lui viene colto, in piccolo, da un furore soverchio benché simile a quello assai noto e funesto di achille. Eccolo in piedi l'innominato, in piedi barcolla, svincola, afferra per la cinta delle giberne un picchiatore e, cucita di materiale scadente com'è, la strappa. L'innominato viene preso per le spalle di nuovo, un braccio gli stringe da dietro la gola, ed ecco volteggia di nuovo per aria il bastone e cala violento, un due, ma sulla spalla sinistra ché il principale bersaglio, la testa, si sposta sagace. Il colpo è però così doloroso che il ragazzo crolla a terra di nuovo, è il fiato a spezzarsi e, quando la punta di uno stivale gli centra l'inguine vergine, s'arresta. Si sente perduto l'innominato, gli pare che il respiro lo voglia lasciare morire, lì così, non sa se immagina o vede davvero le armi levarsi di nuovo tutte insieme con tutta la rabbia di una giberna strappata però, come paride mirò al tallone e non sapeva che cosa ne sarebbe sortito, l'innominato, nel suo piccolo e non è detto senza il consenso di apollo, vede e mira a una gamba sopra lo stivale, scatta veloce, un cobra, ma non si ritira, azzanna la stoffa, la strappa e sotto morde la carne, non molla, ahi il sangue, stringe, morde, morde e non molla, nel fracasso dei colpi, del ferito, che urla, scrolla la gamba, cade cionco, non sa liberarsi, strepita ma l'innominato non molla. Si sente di tutto, urla, 'cudìu bergamasco, tomàe la puta la troia, il tam tam degli arditi le botte, *il lamento d'agnello* sottovoce di alcune mamme lì intorno che, alla lontana, con grazia, disapprovano l'eccesso in cuor loro cuordàrdo, non si interpongono, giustificano alla stessa distanza il motivo, pesano il fatto sul piatto sempre in bilico tra colpa e castigo. L'innominato lascia esausta la presa, il sangue che palpita, la safèna s'affanna, il morduto si rotola a terra, presagio forse quest'ultimo di un più finale collasso, tra qualche anno su qualche fronte di guerra. Accorrono le guardie civili, qualcuno deve averle chiamate alla chetichella; negli arditi prevale lo sconcerto, si scappa con ardita codardìa e si molla il ferito, che ha tempo di scacciare il revolver ma non la forza, forse nemmen la perizia o la lucidità, di mirare al bersaglio; brang; l'aria, disturbata si scosta e lascia passare il proiettile che spezza il vetro a un lampione, crling, e ricade chissà. Con non comune perizia guerriera, le guardie disarmano l'armato. La fine dell'ardito fu ignota, non esistono 112 allora, né cellulari per chiamare al soccorso, figurarsi, sono rari anche i telefoni ancora e 112 è al massimo è il numero civico di quei gran viali di periferia dove si edificano monumenti per il popolo abitati dal popolo. Viene caricato su una bella carrozza pubblica il morduto, mica è morto; qualcuno avrà a ridire che il vetturino in luogo del necessario galop, al passo sarebbe partito. Il vetturino, interrogato, dirà che il suo cavallo, ormai vecchio adatto non era al soccorso. Ma insomma fino alla guardia medica che sarà mai, l'ardito digrigna ed attende, è svenuto. Quanto all'innominato la sua carriera di bandito innominabile comincia da qui. Apollo benigno si occupa di stornare la denuncia penale. Sicché per un mese l'innominato, sospeso da scuola, aspetterà a casa di sua eccellenza il ministro il parere, l'ira personale del duce, per-so-na-le sussurra qualcuno nei corridoi della scuola, l'inchiesta che un ben infascicolato consiglio di dieci maestri allestisce, la sentenza del re, ah quello poi; ogni giorno un compagno gentile, sappiamo il suo nome renato, per tutti e trenta quei giorni gli porta i compiti a casa con la benedizione nascosta dei genitori e lui, inarrestabile e corretto, li esegue e li fa riconsegnare; ma è un reprobo non prodigo e non merita correzioni ormai. Alla fine del mese di clausura la commissione sentenzia l'espulsione, un'espulsione regale da tutte le scuole di quel nano di regno che medita di darsi all'impero. Eja eja eja. Ullalà.

Macigno e nuvola

Immaginiamolo seduto su una panchina di una strada che porta un nome poco fausto, argonne, ah quello gran bel campo di trippe in gratella, macigno e nuvola e falce di luna calante del pittore magritte; fritto misto fastoso nel 1918; problema, se il re o chi presiede la festa canaglia manda a morire ogni giorno 3070 persone per giorni cento, calcolare il prodotto, elementare. Nel nostro caso invece campo di strilli per bimbi arruolati nel gioco della via pál, e di anziani tiratori ma di bocce civili. Né ancora grande né piccolo più, abbiamo calcolato di anni 14 circa, è lì che indugia l'innominato; benché abiti in quei paraggi non può, anzi teme di tornare a casa. E lì seduto su una panchina da ore e, da quanto non sa, mangia il pane che ha comprato, con che soldi non sappiam dire, forse con il resto di denaro risparmiato da sé, o con tutto o parte di un piccolo soldo che il padre sempre gli assegna quando debba uscire per commissioni domestiche o, come in questo caso, per incombenze di molta importanza. Per il suo babbo, l'innominato lavora, ma con il privilegio di non esservi costretto, perché il padre ha più che una solida posizione, può permettersi il meglio per il proprio quartiere, scaldabagno a gas e vasca di ghisa, s'è detto, domestica, lavandara, telefono, ghiacciaia di zinco, *orso polare*, chiusa in un mobile di ciliegio massiccio, infine sontuoso radio apparato di radica, antologia di valvole grazie alle quali egli capta fin le emittenti svedesi se vuole; sa che esistono apparecchi a motore che aspirano da sé la polvere dai pavimenti, un domani, e dunque, benché severo, è comprensivo e tutto sommato orgoglioso di quel figlio che morde e non fugge. È coraggio, si dice, e l'uomo ama il rischio e il coraggio. Chiamato in caserma dagli uomini con gli stivali a rispondere per il figliolo, lui il piccolo padre calvo e tondo, reagisce prima con sarcastici elogi e diplomatica sferza ché se li immagina, quei prosopoppanti in giberne, scacciati a calcioni dai servi di un suo volante castello per aria, gli piace farsi chiamare barone, ah il chevalier, poi, dopo tanto sfegatata e nativa sprezzatura, si scatena e agisce una furia ben recitata, nemmeno un crociato alla battaglia di àscalon 1099 d.c., con un così indifferente al pericolo battere di pugni su ogni tavolo, tra volar di foglietti e ribaltar capocce di ottone del duce, fermacarte, che giberne e stivali intimoriti non poco, chi intimorisce poi teme, inetti a contenerlo ché l'unico ad osare di brandire il manganello si è sentito volare contro il muro e ancora non sa come fu, tutti preferiscono concludere si tratti dell'ira di un tarato, di un folle, non di un politico, di un bolscevico in rivolta, e per ora tanto vale secondarne gli effetti piuttosto che contrastarli, ché l'uomo chissà dove vuole arrivare.

Si sente colpevole invece su quella panchina l'innominato e non ha speranze di giustificarsi ragionando col padre, intransigente bassetto e, s'è capito, capace di eccessi senza *guardare in faccia nessuno*, in intimità con il grand seigneur che si crede. Lo ricorderà bene l'innominato quando anni e anni dopo, nel pieno di una crisi economica e familiare, ne diremo più tardi, il piccolo padre si concedeva delikatessen private per sé di per sé, acquistate a carissimo prezzo dal migliore sciarcutié; alla moglie o a chi fosse presente, *dopo di me il diluvio*, indifferente. Dopo la cacciata dell'innominato dall'eden della scuola il padre dunque cerca di avviarlo a quell'altra, la del lavoro, con i mezzi, gli stessi che lui conosce, lui che pure qualche scuola ha concluso e tanta da consentirsi il successo di essere abbonato a un teatro d'operetta dove tra l'altro qualche anno prima è scampato, un attentato; come fu, ah semplice, una sera di marzo, 23 1921, non andò a teatro perché non gli piaceva tanto mazurca blu, lehàr, e forse la compagnia non era un gran che; la sala saltò in aria, morti 21 e 80 feriti. Il bersaglio era benito con i suoi ma non c'era, disdetta.

Al figlio il padre ha affidato una somma di non poco valore al mattino con l'incarico di recarla a un suo fornitore. C'è del biblico in tutto questo. Il ragazzo ha preso la busta con il denaro, è partito a piedi per salvare i soldi del tram ed è arrivato all'altro capo della città. Ha consegnato l'involto del denaro, pregustando, dopo quell'incarico svolto, un pomeriggio di libertà; ha atteso che il contabile in salva-maniche nere al suo tavolo lo controllasse, ha ubbidito all'ordine, *Siediti un attimo*, ha pensato, mi deve portare la ricevuta, ma, è lo stesso paròn della ditta che con il contabile arriva e gli rende la busta con un'occhiata di ammonizione; qualcosa, il denaro non era l'esatto dovuto, manca un ottavo per verità della cifra finale. Annichilito. Il ragazzo si domanda come, se mai, ha potuto perdere i soldi, il denaro del padre, dunque la fiducia, tradire... o essere traditi... mancare al dovere, non sa quale ma tale, abbassa gli occhi e nel parquet dell'ufficio teme di scorgere senza nome l'abisso della vergogna. Riparte sempre a piedi, conta i suoi personali soldini, si ferma da un prestinaio, uomo immenso, rosso di forno e di pelo, fronte al quale trattiene il pianto ma, in quel viale di battaglia si accascia, rompe in singhiozzi e mangia, biascica moccio lacrime e pane, il pane del perdono che non si sa dare, la pelle, i muscoli, le ossa delle sue spalle che presagiscono lo staffile del giudizio; ladro, ladro, ladro, l'incubo di un suo personale château d'if e più di tutto, la manesca ordalìa del padre, la punizione, la disfatta, la rovina di un esercito maladatto a difendersi. Poco dopo il tramonto, un tramonto polveroso di pollini, di insettini festosi in contrasto con l'orrenda chiusa di ghiaccio del suo cuore, riottenuto il coraggio di presentarsi in casa, l'innominato apprenderà che il denaro per il pagamento è stato mal dato con intenzione; pedagogìa; perché imparasse a non fidarsi il ragazzo, perché contasse, *Conta... conta conta sempre, Ma lei è mio padre,* protestò il ragazzo, *Che importa,* rispose il babbuccio ridendo di gran gusto, *Potrei essere impazzito o essermi sbagliato... conta sempre... controlla ché sempre a te chiederanno il conto... qualsiasi conto... di tutto.* Quest'ultima ben articolata, interrogativa risposta è formulata in quel dialetto dell'est noto al babbo del babbo, i cui caratteri, lessico e forma non sappiamo trascrivere.

Degno figlio del duce

A un giudizio superficiale quanto alle possibilità di esplicitarsi in nefande fesserie, possibilità che è invece certezza costante non di tutti, ma per regola di regimi approssimativi quanto, per stare al dire comune, aplològici, afflitti da cluttering ossia tachifèmici, e che di impeccabile hanno non la divisa ma la cialtroneria, unita quando serva, a una ferocia suburbana e gonorroica, bizzarro potrà sembrare il fatto che l'esclusione da tutte le scuole del regno venga a significare proprio da tutte le scuole, qui di seguito elencate in caotico ordine, quindi scuole di dattilografia, di nuoto, cucito, di scherma e cucina, di tennis, di arti e mestieri, di lingue, e chi più pensa quia absurdum più se ne dia ragione che fu proprio così, via da tutte tutte le scuole, tutte, tranne una, di hockey. Il perché è mistero. L'innominato a dispetto del suo pensiero ribelle alla soggezione degli stivali è, in quel tempo un sincero sportivo, robusto quanto basta a calcare con forza, prima di esserne allontanato con imbarazzo, la pedana della scherma che lascerà alla sospirata soglia della sciabola, arma in cui primeggiano peraltro gli atleti ungarici; si tramanda infatti, che l'ungherese *è semplice e cortese* ma di sciabola presta. Grazie a un cugino, l'innominato viene ammesso all'unica possibilità, all'hockey dunque, che allora si deve scrivere ôchei o chiamare per legge *disco sul ghiaccio*, ma la minestra è la stessa; due squadre catafratte in robusti paracolpi, armate del medesimo curioso bastone a forma di boomerang con cui accanirsi di nascosto sugli stinchi avversari e, in chiaro, su un disco di ferro da far glissare sul ghiaccio fin dentro la rete avversaria. Una versione artica del calcio. L'innominato, già discreto pattinatore su rotelle, impara presto il gioco sulle lame. Non divagheremo sulle opportunità di svago che tale sport o *diporto* può offrire a un giovane carico di ormoni e appetiti che, al tempo, né può manifestare con alcuno, dato il verginismo istituzionale inculcato alla maggioranza degli uomini minorenni e il vaginismo illativo, forse, delle donne in età di fantasie; né sfogare altrimenti che da sé, stante che anche dai postriboli l'ammissione gli è preclusa, e non in questo caso per demeriti politici bensì anagrafici. Dunque evviva il disco sul ghiaccio. Una partita dopo l'altra l'innominato arriva a quella in cui non regge una stoccata, di bastone, così bene data ch'egli carambola sul duro tappeto di ghiaccio e si fracassa entrambe le gomita. All'ospedale maggiore della città, reparto ortopedia ma senza indagine prima in radiologia, la duplice frattura gli viene ridotta da un chirurgo pletorico, nègher sotto il bianco del camice; una suora, sul far della perdita dei propri ormoni, lo assiste, lo mangia lo beve, l'ortopèdico, ammirata per tutto il tempo della riduzione; così deve avere guardato solo il cristo, quasi nudo e immanente all'altare, il giorno dei propri sponsali con il detto. Suora non giovane non vecchia dunque, e portatrice vezzosa d'una ciocca fuori ordinanza di chioma, che le spunta dalla benda che l'ufficio le impone. Il medico pare bearsi di quella sottomessa ammirazione e lei bada al paziente che tiene bloccato tra braccia di insospettabile forza, mentre, senza alcuna pratica anestetica le ossa delicate dei gomiti, epicòndilo dopo epicòndilo, vengono riportate *a orecchio* nella loro supposta originale posizione. Il giovane innominato è un bagno di sudore, per puro caso è riuscito a non pisciarsi addosso e la lenta operazione di ingessatura aggiunge tormento al tormento, dopo le urla che la riduzione gli avrebbe strappato se per puntiglio testardo non le avesse represse, pensando forse, a come addentarlo, il medico, ma no. Il cognac, cordiale o arzente si deve chiamare, ed è una imitazione credibile del liquore originale prodotta da una distilleria autarchica ossia superbissimamente italianissima, ebbene il cognac, alla fine del passaggio *per tormenta*, riporta se non altro nelle vene il sangue a pressione. *Bravo sei un degno figlio del duce*, tuona il pèdico, calando una forte pacca sulle spalle dell'innominato, pacca che di suo produce una fitta ulteriore a entrambi i gomiti. La suora aiuta la vittima a scender dal lettino, con quel sorriso servile che possiamo fantasticare nei barbieri di un tempo andato quando, all'occasione, si prestavano a fare da torturatori e poi, *Servito*, pareva appunto lasciassero intuire al malcapitato esangue ma ancor vivo e adatto a una successiva sessione; la suora garantisce, *Xe proprio bravo sa il professor... vedrai che presto guarissi*, allunga all'innominato una caramella al rabarbaro che sorte da un pertugio della tonaca insieme con un santino poco propizio, san sebastiano, un martire incoccato di frecce dappertutto, anche nei polpacci, *Su su le gambe*, aggiunge e se ne va sorella a nessuno. Gli epicòndili così accomodati, stile spèrinduce, non torneranno tuttavia mai ad articolarsi in modo corretto e le due braccia resteranno per sempre un po' valghe, storte insomma, fino al loro dissolvimento nel fuoco del crematorio. Ma questo, diremo, molti anni dopo.

Widersinn und Paradoxe

Contraddizione e paradossi dell'istituto di cultura germanica dove tutti hanno indosso un profumino di svastica fresca e dove nessuno per teutoburgica ingenuità potrebbe immaginare che il duplice fratturato, degno figliolo del duce di una mera *espressione geografica wo die zitronen blühn* e, come s'è detto, da sempre stivale di sé medesima, ma che tanto bene ha indicato la strada al nuovo cancelliere del reich, il terzo, pittore o barbiere che sia, possa non essere degno, il figliolo, non solo, ma organico al sistema che il duce ha generato dalle sue gomme luetiche, vedere in treccani alla voce infiammazione, non tale né quale ma simile allo zeus che dalla propria feconda capoccia generò atena la verginale industriosa. Sono belli gli ariani lassù all'istituto, che non pare di quaggiù, ma adatto alle alpi come degli olimpi la maggioranza e, agli occhi del reprobo innominato, quasi tutti i suoi figuranti sembrano lì messi in scena tanto son ben vestiti, tosati, intonati, un concerto di molti saponi e tutti, tutti si dica, ben oltre i 162 centimetri di media degli indigeni che tirano la carretta, là fuori, là sotto, per le strade; alti e rasati con la cura che la virilità superiore deve avere di sé per dare l'esempio alla comunità del popolo comune; rasature che non lascino ombre né di colore, né di pensiero che flettano la motilità dei volti sempre a piombo come il filo dei pantaloni militari e civili, rifulgenti quegli dèi in similoro del rèno, quanto se non più delle loro scarpe, anche chi non indossa stivali; e sensuali tutti d'una sana sensualità, come la spuma di birre fulve e fulve vulve, il cui segnavia è la cucitura posteriore delle ben rette muliebri calze, benché sperduto lassù, come *il sentiero che il mulo cerca nella nebbia*, tra gonne, sottogonne e alpini froufrou. Tutta la giostra dei cortesi inviti che regola i comportamenti fino nell'intimo, stuzzica a una disciplina interiore di perfezione lampante, tale che l'innominato si sente grato all'inventore del meccanismo di quel mondo a orologeria di cui nessuno sa o sospetta di già, e se sì, si guarda bene dal dirla la data di detonazione e che, per sua parte, nulla sa né gli importa sapere dell'espulsione da tutte le scuole del regno bislungo, di un ragazzino innominato ma più alto della media. Questa statura elevata vuol dire bene qualcosa per tutti i sigfridi, dal capostipite a questi qui, nipoti che si ammirano nel brillìo dei loro impeccabili occhiali; chi li porta naturalmente. L'innominato è riconoscente a quella semilibertà che per quanto di regime gli è concessa, lì, di diventare diversamente caparbio lui, e studioso di ogni cosa stia in un libro, in quell'istituto dove nessuno gli chiede né tessere né documenti, giuramenti, spergiuri, niente sotterfugi o adesioni d'altra natura che alle grammatiche in caratteri goti e ad albi di propaganda dal sorriso agfacolor. *Vado in germania e so il tedesco* (B. Valmartina, EIAR ed. 1939), recita il titolo dell'antologia di amene letture dalla copertina bianca, rossa e nera; articoli ben congegnati per suggerire pizzicàgnola bonomia e per trasformare in monumento ogni svevo medioevo, ogni federico con e senza barba, ogni conquista dell'aria, ogni poliziotto che vegli e sorvegli furbi signori che ingannino la dogana attribuendo la propria colma valigia di caffè e cioccolati a dolci signorine ingenue e, eins zwei polizei, drei vier grenadier. Di fresca franchezza e, in alcuni, sembra all'innominato che sia proprio candida e pastorale e non legata al profitto, se non dell'ideale, la fede che la svastica infonde alla cerchia di quegli umani nei loro involucri impermeabili di gentilezza funzionale e severa, ma sorridente, prodotto di colazioni meticolose, atte a dare energie a giovani muscolature e sode quanto uova ben cotte, e adatte a lunghe passeggiate declamando tutto il repertorio di *dahin dahin oh mein geliebter ziehn* o ripassando in canone allegro le equazioni del pòli-metìl-metà-crilàto o plexiglàs, succedaneo del vetro così trasparente e solido e resistente ai colpi delle mitragliatrici, la cui creazione si deve al talento e alla paziente operosità d'ingegnosi tecnici ariani, racchiuso in fabbriche delle meraviglie, piene di razionali vetrate, di uffici sani e pettinati dal sole, così racconta la stampa di propaganda sparsa sui tavoli del circolo di cultura. Fosse già stata inventata, tutti quegli eletti occhiazzurrati sarebbero la famiglia umana per eccellenza nella fantasia eugènica della pubblicità di mezzo secolo dopo, tutta assorta nella luce dei bucati, nel verde dell'erba verde da brucare, tra briosce che hum, né di più né di meno, tra bimbette e bimbini dalla voce che squilla da Sol392 a La440 di una mamma oca, squack heil che non ondeggia come le piccole latine; marcia dritta l'übermutter, per dritto.

Quando la sera, all'accendersi dei lumi stradali, l'innominato ridiscendeva giù da quell'olympia verso casa pestando bene la terra con le scarpe, non come per, ma proprio per assicurarsi che fosse sempre lì la terra tiepida sotto i piedi ad accoglierlo, pastosa, sicura della sua orbita millenaria, e anche per risparmiare il soldi del tram, egli osservava l'inconsistenza larvale del mondo dove era stato messo al mondo, film dove tutti gli attori fossero nel ruolo di spettatori di un film doppiato, romanzo della traduzione di un romanzo la cui matrice in fumo fosse andata o, peggio, mai esistita, apòcrifo senza originale sicché, non avesse odiato gli imperativi anche come modi verbali, non avesse temuto e disprezzato gli stivali per quanto lucidi e, per quello che racchiudevano, non avesse diffidato delle divise nonostante il taglio perfetto, si rendeva conto il giovane reietto che in fondo avrebbe voluto poter parlare una lingua semi runica sì, tutta guglie e pennini, ma architettata tanto bene da avere bisogno della sola grammatica per essere appresa e che, alla fine, un po' gli apparteneva per parte di madre, che bionda era bionda e nata di là dall'isùns, nell'imperial e duplice regia sulla quale il sole avrebbe potuto non tramontare mai se qualche giosuè quel sole avesse fermato o almeno un po' rallentato e forse sarebbe stato meglio così. Il buio delle strade, la nebbia che saliva da rogge e canali di una città ben ricca d'acque, aiutavano l'innominato a nascondersi il pensiero che tutta l'esaltata indulgenza di quel volk per la propria celeste meccanica, per lo stirarsi i muscoli e lucidarsi l'anima, per la rigidità ripetitiva da dattilografe, travestita con la fermezza sempre nuova del pianista, ma apparente, tutto quel concerto di tìc tàc drìn drìngt dràng stùrm nelle sale incerate di fresco, avrebbero potuto adescare in lui ciò che la pecionerìa, lo stracciaculìsmo degli alalà respingevano con orrore. E studia e studia allora l'innominato, studia e ascolta, ascolta cantare nei pomeriggi musicali della domenica, *guten abend, gut' nacht, mit rosen bedacht*; studia per dimenticare l'indegna sensazione di fascino che dalle thule remote dei suoi ritratti emanano in ogni stanza gli occhi di ghiaccio del rigido re delle nevi con i baffi; studia studia per dimenticare che esiste la seduzione di fantasmi che teme possano albeggiare in lui pure, e che non gli piacciono. Per niente. Fu così che in biblioteca si buttò di getto su grammatiche e vocabolari; risparmiò ogni centesimo per prendere lezioni private, per acquistare manuali e prontuari sui quali per anni anni non fece che inseguire sostanza e pronuncia corretta del mondo, nomi. Persino in guerra a rischio della vita. Grammatica, grammatiche.

Il mare il mare

Il mare il mare. La cardellina canticchia trasognando il tema di simon boccanegra in punto di morte, giuseppe verdi simon boccanegra atto terzo scena ultima, e nello stesso tempo mostra alcune foto. Zoccoli marinari con fibbia di cuoio, calzoni corti, un bel giovane spicca, il viso più scuro sul bianco della camicia, difficile a dirsi se per bellezza o solo per qualcosa di più e differente che, alla stregua di quei fari da teatro detti segui-persona, muove l'occhio di chi guarda a inseguire il protagonista. Accompagnato intorno da figure di ogni genere che pare sbiadiscano sotto gli occhi dell'osservatore quasi la foto si dissolvesse alla luce, in una delle istantanee il giovane innominato è alla guida di una ciclocarrozza, un rickshaw, costituito da un corpo traente, führender, con manubrio e freni e pedali e catena, e da un corpo tratto, geführter, ovvero dall'imitazione semplificata di una carrozzella. In quei tempi si sa che esso veniva usato, lì sul mare d'annunziano, per sgomberi, traslochi, porto di valigie, consegne e ritiri domestici, trasporto di alimentari e immangiabili, infine come taxi, ciclo taxi. In questo caso è adibito alla scarrozzo di giovani cittadini in vacanza, che quei cicli noleggiano, indifferenti per ora al fatto che il monaco nero dei prussi già s'è mangiato la felix e i sudeten e, manca poco, gnam gnum la polandia, e slurp gallia belgica e fiandra, così che anche le spiagge ora adibite al ludo, scatteranno gioiose sugli attenti e otto milioni di alalà[i] baionette. Solo baionette però. Sappiamo che nessuno vivo in quella foto è morto combattendo anche se tutti, senza escludere le due giovani donne nell'immagine, i piedi calzati di zeppe estive, tutti verranno dispersi, sul fronte della sopravvivenza, ciascuno a farsi vallo di sé. L'innominato ha gli occhi grandi e chiari di chi scopre le femmine con l'interesse e la cupidigia che il proprio è costretto ad avere per il genere altrui, non c'è verso, fino a prova contraria. Non c'è merito, è solo che la specie è fatta così, nel praticarsi confusa da sentimenti molesti che i cani non hanno e che gli umani *parlami d'amo-*

---

[i] *Eja Eja alalà*, ripreso dal greco da Gabriele D'Annunzio, l'incitativo *Eia! Eia! Eia! Alalà!*, fu grido di esultanza degli aviatori italiani nell'incursione aerea su Pola del 9 agosto 1917. Se "Alalà!" era l'urlo di guerra greco, "Eia!" era il grido con cui, secondo una tradizione, Alessandro Magno era solito incitare il suo cavallo Bucefalo. Il motto fu poi usato anche dai Granatieri di Sardegna che seguirono D'Annunzio nell'Impresa di Fiume del 1919. Divenne popolare in tutta Italia quando fu adottato dal Fascismo quale grido collettivo d'esultanza o incitamento. [N.d.A.]

re mariù[i], o in altre maniere tanto che, ma no, è bene osservare sullo sfondo di un'altra foto, proprio mentre l'innominato passa sul suo carrozzino ed è già quasi fuori dall'inquadratura, dietro di lui, non del tutto a fuoco ma bene in vista, un cameriere esce da un caffè recando un gran vassoio di bicchieri e di bibite, gassose, ghiacciate forse sì forse no; il caffè ha un'insegna dipinta a mano in corsivo volante, il taglio della foto non permette di leggere intera l'insegna, fuori campo di charlie la c, di alfa la a, di india la i, ma lo stesso si può decifrare caffè barezzi; un forte ingrandimento dell'immaginazione, di quel caffè farebbe scoprire sul fondo un enorme apparecchio radiofonico, costosissimo, monumentale, quasi obbligatorio per non perdersi nemmeno un giornale radio, nemmeno un discorso dell'uomo beneducènte; la radio è accesa e, a un orecchio evocatore di fantasmi, parrebbe che la radio diffonda una canzonetta, elementare, patetica, in somma delle somme graziosa, non recentissima, ma le canzoncine hanno allora un destino meno fugace che ai tempi moderni, *sono tre parole ti voglio bene son però le sole ch'io dico a te poi se tu vorrai la mia vita avrai perché il mio tesor l'unico mio amor piccola sei tu*[ii]. La musica si spe-

---
i *Parlami d'amore Mariù*, canzone dal film *Gli uomini che mascalzoni* (1932), canta Vittorio De Sica. [N.d.A.]
ii *Sono tre parole*, canzone dal film *Un cattivo soggetto* (1933), canta Vittorio De Sica. [N.d.A.]

gne appena si depone quella foto per osservarne un'altra, un'immagine muta per così dire, formato cartolina stampata su un cartoncino robusto, mostra l'innominato per quello che è, un giovane affusolato di circa 19 anni sperduto nel gran cortile alberato di una caserma, la divisa buttata sul corpo come un sudario di pezze. Per sbieco in calce la scritta, *Inabile ai servizi di guerra (sic!!) Sto bene!! Vi abbraccio tutti.* Cartolina spedita in tutta evidenza ai genitori, o quel vi abbraccio tutti non avrebbe avuto senso. *Il mare il mare oh perché perché in suo grembo io non trovai la tomba,* canterella ancora la soror cardellina carezzando quest'ultima foto. Sempre trasognata.

Intermezzo

Dove c'è poco da raccontare; l'innominato abile arruolato parte soldato ma, poco prima di quello che con faccia assai tosta qualcuno ha pensato chiamare battesimo del fuoco invece che estrema unzione, supervolandum est et supervolabimus, egli si ammala di nuovo di polmoni; ricoverato starà un bel po' all'ospedale militare. Poi visitato e rivisitato gli si scoprirà un rumore nel petto, ovvero soffio al cuore, protodiastolico da insufficienza polmonare; esito dicono delle pregressa polmonite; abile arruolato ma inadatto al combattimento. Licenza di convalescenza, poi tornerà lemme lemme al suo distretto.

Oh luminosa notizia di una giornata di luce, ah l'aria che trema sui binari e annuncia che per lui non ci saranno sudate tradotte, né peggio, ma la placidità degli uffici, assegnato al tribunale militare di distretto; uh il treno di ritorno dove una ragazza dalla lunghissima treccia, cattura l'emozione del giovane soldato che non può fare a meno di farla arrossire d'occhiate esitanti e, ma non è detto sia proprio così, di compiaciute consapevolezze. Oh potesse allora quel viaggio essere un interludio infinito senza niente né prima né poi, in discesa, un languore; *ahi ahi che peccato*, immagina, teme, gli palpita il cuor, la giovane bellezza scenderà alla prima stazione eccola che arriva, cioè ci arriva il treno alla stazione ma, perbacco, la giovane bellezza non scende alla prima ma alla seguente, proprio la stessa dell'innominato che, incoraggiato da quel fato e delle regie ferrovie, senza parere la segue, la ragazza, il cuore soffiato che gli s'agita come mai gli è successo durante una marcia forzata e la ragazza è svelta, cammina con la lievità che distingue le dèe dalle mortali qualunque, intrugli queste pesanti di ossa e di grasso e grassi vogliosi. In mezzo alla folla della sera che s'affretta verso casa, lei, al contrario, si muove con la grazia di un aquilone, anzi di più di un nulla che voli e cambi di continuo direzione e lui è deciso a raggiungerla per dirle qualcosa, quando ne è certo la raggiungerà, qualcosa che non sa ancora, ci arzigogola cercando a memoria tra le sue letture la frase ad effetto, come il pavone farebbe con le sue piume. Questo nonostante il male che gli fanno le scarpe militari per poco che il piede ci sudi, è la stagione. Lei, la ammira scivolare, acqua su vetro, sulle strade dal fondo di sassi rotondi, allenata, i polpacci sublimi, il nodo leggero delle caviglie, e il resto, i fianchi le spalle la treccia nera che ondeggia, di devastante bellezza all'occhio ormai innamorato; ma è il volto che egli cerca ancora, oh quel volto chiaro. Poi il miracolo, lei entra nella bottega di un calzolaio, lui rallenta, l'aspetta e quando lei riappare con sottobraccio un fagotto, eppure hanno scarpe le dèe, gli pare che sia la luce stessa del primo giorno, la luce di vènere *col suo primo sorriso* a sfolgorare nel vano della porta aperta sulla strada, fresca nonostante la calura. Le corre incontro, ahi potesse abbracciarla, che fare, riempirla di baci, toccarle quella treccia di cui l'eguale non ha mai visto, ah sì dirle, dirle ecco, Signorina. La signorina non risponde è nella regola del gioco, e prosegue, *Signorina la prego solo una parola non pensi,* e dimentica il rigore del voi littoriano che è d'obbligo anche se nessuno ci fa molto caso; non sa davvero che cosa inventarle ma c'è una cosa di lei che lo colpisce così da vicino, e ora per certo lo sa, il contrasto tra quel corpo bello di una bellezza che affiora da ogni piega dell'abito e la sbilenca miseria della propria divisa, dell'intorno, marmaglia che raglia, della guerra che puzza anche lì, lontano dai fronti in quella città di campagna, dei consorzi di agrari in bretelle, di accaparratori che già, ehhh già non le avesse notate di notte certe serrande che s'aprono e chiudono, ron ron di motori, e per il resto shhh, di case di un popolo in ascelle sudate, quanto sudata è la campagna intorno, spossata, ecco adesso sa la differenza tra lei e tutto il resto, *Signorina mi perdoni... volevo solo ringraziarla;* la ragazza si ferma e si volge a guardarlo, *Oh cielo ringraziarmi di che; Ringraziarvi... siete... lei voi... siete di un'eleganza che è difficile incontrare.* E qui anche se non alla lettera il cuore gli si ferma squassato dal colpo di fucile della propria baggiana inermità che non sa, non può, non non non, lei, con il sorriso degli occhi che l'innominato ha visto solo a una diva che ama del cinema, allora replica, *Oh... grazie... lei... voi siete un uomo gentile... e;* sparisce per un portone austero, palazzo da notari, avvocati, da primari, chi lo sa.

Con la mente che vola l'innominabile soldato saluta la guardia del suo di portone, saluta uno che non ha mai salutato, indispettito anzi da questa estraneità ora che ne ha appena conquistata un'altra e, al contrario di quanto s'aspetta, invece della bagarre consueta della mensa, trionfanti tra le foglie dei platani, perimetro della piazza d'armi volano quelle che gli sembrano rondini, ma son rondoni, gran strilli, c'è una gioia che gli pare regalo di benvenuto nell'uovo del mondo. Qualcuno che conosce, non un richiamato, uno di mestiere, marconista negli uffici del comando gli grida qualcosa anche lui, ma è coperto dal volo dei richiami e dal desiderio di non ascoltare. Come se da un ramo a una grondaia a un altro ramo e a un altro ancora, un grande ragno, un ragno amico, *un ragno della sera che la speranza avvera*, avesse con pazienza tessuto con l'oro una tela silenziosa sul piazzale, il giovane, dall'amore richiamato, ha la curiosa sensazione di essersi smarrito nella felicità.

Tutta il reggimento è partito, di qua di là, e non tornerà più, 20 su cento, ecco se basta, a dirla, la verità; tutti via in treno, per nave, a piedi, a cavallo, alla bell'e meglio, tutti al carnaio, all'ecatombe; quando tra poco le foglie cadranno nel fango e altrove sarà ghiaccio o roccia o sabbia, ce n'è per tutti fatevi sotto, tranne per quelli che con un certo tatto, un orrore disperato o, al contrario con qualche non riprovevole furbizia, si saranno fatti figli, amanti e fratelli, e compagni dei nemici laggiù, ai confini dei colli fatali nell'impero di latta. La rotta è decisa.

L'innominato ha il metodo inciso nel carattere. Per tutti i giorni seguenti, settimane, appena in libera uscita, si affanna là dove ha visto sparire la bella. Attende, dovrà pure uscire, ma niente. Allora prudente indaga da questo da quel commerciante, seduce la diffidenza il sospetto, convince e sì, qualcuno lo ammette, un salumiere, la signorina è la figlia del professor m*** che insegna a*** abita lì. E lui lì l'aspetta, l'aspetta, arriva a pensare a un complotto, a qualcuno che dalla finestra non visto lo osservi ed attenda che se ne sia andato per dare alla treccia il diritto di uscire, succede, non è paranoia, ma infine, *la costanza è premiata.*

Seguirono poi giorni imprevisti e desiderati, di ritegno, di esitazione, di detti non detti, e contro ai detti ridetti, soprattutto di sguardi, sussulti, eccitazione che spesso succede ai calzoni, là sotto dove comincia e finisce, nella voce di molti, il cuore di un uomo; un bacio, baci poi mesi e notti in attesa della liberazione dell'alba per non sognare la bella, con tutta la treccia, che ha però, la bella, un limite alla complicità; lui sa di certe locande in campagna dove per poco si mangia e dove volendo e potendo la camera, una ragazza, ma in fondo non vuole anche se vuole; e tace, si canta *vorrei e non vorrei* ed è la verità. Infine nel pieno del dramma d'amore il rigore della delusione. All'appuntamento fissato da tempo lui è assente, giorni e giorni di reclusione, tutti i soldati in caserma finché del furto di una cassetta di rape, rape règie, si trovi l'autore e lo si punisca; consegnati. Infine alla fine della punizione un nuovo appuntamento ma lei si presenta condotta in una macchina nera dai grandi parafanghi, fa fermare di furia, chiede scusa, scende, *Ti ho cercato... consegnati m'han detto... non sapevo... pensavo e non pensavo,* è affannata e si vede felice quanto uno che abbia ritrovato, pensando di averlo perduto, un regalo di poco conto cui però tiene molto, una reliquia; *Ma infine... ti ho scritto... tre biglietti per posta; La posta sospesa d'autorità chissà dove sono... magari tra un po' me li daranno; Infine mio caro ce ne andiamo da qua,* gli dice la giovane donna, *Partiamo... mio padre ha deciso... nessuna guerra si ferma se ci si trastulla... ha detto trastulla... a pensare che debba fermarsi la guerra... è una macchina avviata... a finire i proiettili... mia padre... partiamo e noi possiamo per fortuna... come dici tu siamo padroni anche se non lo vogliamo.* La giovane studia da medico è tutt'altro che sciocca, vuol far la psichiatra o qualcosa di un genere che l'innominato ancora sa poco... *Abbiamo denaro, passaporti e amicizie.* Il motore dell'auto è fermo, l'autista, perché seduto al volante c'è un autista, fuma con l'impegno che il suo dovere di non sembrare alla vedetta gli detta; la strada con i suoi rumori, nemmeno capisce la circostanza dei due cuori a un bivio, abbassa il volume. *Dove andrai... quando,* è la domanda dell'innominato, pertinente anche se arriva in ritardo ché lei produce un foglietto, un indirizzo germanico. *Dov'è... dov'è,* domanda sospetto l'innominato, *Ma va' è lassù in der schvitzra... farla breve scappiamo,* sussurra, *Ci ha studiato mio padre e anch'io continuerò lì; Quando allora,* è la domanda finale, *A momenti... una finta vacanza sulle alpi di segantini che a te piace... mi hai detto... guarde-*

rò le mucche e penserò a te, ride; *Presto o tardi vedrai me lo sento... mi raggiungerai... dovrai se vorrai se potrai...* Io ti, gli porge la mano per una stretta formale ma non lo è, sa di lenzuola pulite e ritorte, intrecciate al caldo dei corpi; è già in auto, a qualcuno verrebbe da dire che piange; è possibile che avvenga in certe situazioni in cui si ragiona e non si dovrebbe affatto, lo si fa per dovere, o per quel che si pensa sia tale, *Amo amor mio.*

Nato e ammutinato

Passano serbie, ucraìne e montenegri, afrìke e matapàn[1]; *passa un giorno passa l'altro mai non torna il prode anselmo...* patapùm. Il distretto stava stretto ai pochi che non volevano più starci, ma checché, bizzarria degli uomini in armi, da bravi e proni isacchi, da una parte attendevano ordini che non sarebbero arrivati o che sì, sarebbero arrivati ma storti; dall'altra, da quella guerra gli isacchi tenevano solo a tirarsene fuori, tornare a casa e tanti saluti ad abramo e consorti. Per il resto, di tutti gli abrami e isacchi, la fede si era trovata sprovveduta fronte all'evidenza che 1. sono ricorrenti le notizie che in guerra gole, teste, corbelli e budelli e non solo, *petti onusti di gloria*, una marmellata 2. combatti anche solo cinque minuti e vedrai che qualcuno, zuing, casca morto, zuing zuing zuing, stare bassi, il prossimo zuing magari ti tocca 3. di cinque minuti in cinque minuti, dopo tre giorni, tre mesi, tre gironi, pure sul bilancino di un blitzkrieg il piatto si carica

---

1 Matapàn, Battaglia di capo (1941). Rovina della marina italiana contro la flotta inglese. [N.d.A.]

di cento, ottocento, duemila secondo giornata 4. per attenuare con un trisillabo vago, pèr-di-te, l'efficacia probatoria di un bisillabo inequivocabile, i morti sono una gran seccatura per i vi-vi che *sono ancor vivi e vivi resteranno* ner piatto d'a pasce e *te saluto ar dusce*. Stante tutto questo, ciò che tutti i soldati di quel distretto ed altri ancora, temevano di più erano gli ordini, ma pochi appunto osavano contraddirli prima che si manifestassero. Tranne quei molto speciali, sussurrati nel cuor della notte tra soli, gli ordini, i comandi militari, specie nella caporetto del senso che la guerra precostituisce, di rado sono vincolati dal patto di reciprocità nel dare e ricevere il piacere cui abbiamo alluso, nemmeno se e soprattutto non quando ti aspetti siano quelli che saranno; sicché l'immagine che più avvicini il lettore a un branco di soldati in attesa di ordini, per inciso stallo e rinuncia dell'immaginazione che potrebbe capitare a ognuno di noi anche ai meno soldati, ci pare quella di una colonia di scarafaggi usciti dalle tane di notte, speranzosi ghiottoni di ogni sorta di briciole, di croste e schifezze, che all'accendersi del lume di cucina, al vedere le zampe dell'umano in pigiama dal loro basso punto di vista, non sanno far altro che paralizzarsi da sé i blattòidi, poveri, come se ciò valesse a non essere visti, schiacciati, spazzati. Il paragone con i fedeli di un qualunque mosè o di ognuno che si prostri all'ognuno in divisa, invece di sparargli se mai, è voluto.

Ora, un distretto militare è nella definizione un quartiere militare, bref una grossa caserma, un magazzino di carne umana di ogni sorta, pronta a essere inscatolata a quei tempi, fosse in questo, fosse in quel reparto secondo necessità o ghiribizzo della direzione mattatoi. Il contributo di quel distretto allo sforzo di superare napoleone in corbelleria era già stato notevole per una e più volte ed ora, sotto i colpi della disfatta che cavalcava le reni alla rincretinita nazione di vòt milión de baionèttis e solo quelle, le truppe fresche e le da rinfrescare, erano in mistica attesa senza masticare altro che razioni. Da qualche giorno infatti la mensa era scarsa, quasi inesistente, in attesa di ordini anch'essi, i cuochi si sa. Dunque nel distretto, il cui cortile sta per attraversare adesso l'innominato, taluni tra i soldati erano pieni di fede nella speranza, talàltri speranzosi di essere risparmiati a un cimento insuperabile dalla fede, dura a morire anche quando è il fedele che muore; tutti però, senza distinzioni, schiacciati d'avvantaggio nella situazione di insetti, di carne, di resto, di avanzo, a cucine spente, e senza della ragione accendere il lume, cioè con l'ignavia della massa che la massa prende per virilità, e con la quieta assuefazione che è convenienza dei mansueti e vocazione dei vigliacchi, tutti attendevano. Ordini.

Bene, se sia lecito dire che era una bella giornata di settembre, non si sa; di quel giorno in quel momento mancano i dati meteorologici. Ma al lettore sia ora indifferente che piova o sventoli o che sia stato come potrebbe un fresco scorcio di fine estate, mentre proseguiamo con l'innominato nel racconto che egli ora attraversa quanto allora, come s'è detto, traversava il cortilone del distretto. Solitario e disarmato marcia con passo andante brioso verso il portone, sprangato a impedire la voglia e il dubbio sulla fuga, all'uopo un picchetto di tre compari d'armi e un sergente armati di moschetto. C'è anche un ufficiale, un tenente fresco di nomina, lì a rappresentare il regno che scappa; vuoti gli uffici infatti, tranne quel del marconista, ma nessuno capisce ancora bene quanto sua regia bassezza è a misura dello standard codardo di chi non sa ma che può, uno per tutti tutti per uno meglio perderli che trovarli, ma lui, il tenente è di una sciocchería così ben vertebrata, così contento della divisa pennellata sul suo corpo snello, così deciso a rappresentarla, stante il deserto di altri ufficiali, tutti a casa ancora a dormire, che quando l'innominato gli chiede di aprire il portone e di lasciar perdere, che la guerra è perduta, anzi finita, che non continua affatto, che se non da scemi è piuttosto inutile far la guardia dove c'è da guardare più nulla e non guardare in faccia nessuno, l'ufficiale si raddrizza, *E dai*, contesta che arriveranno ordini e che lui ne esegue di antichi finché non gliene daranno di più moderni e che lui ha giurato, *Ma il tuo re... tenente... se n'è andato,* precisa l'innominato che con un re, non più suo, ha un conto in sospeso e di colui sicure notizie, dacché da un anno è in un gruppo di pochi clandestini, l'innominato non il re, qua e là infiltrati, oppositori mascherati, in contatto precario con il nemico che già è passato da scilla e cariddi, sale sale lo stivale con tante di quelle armi, cannoni ed aerei da oscurare il cielo e allora, *deo concedente*, prepararsi alla rivolta prima di essere rivoltati a calzino dagli antichi alleati allemanni. C'è persino un giudice e militare tra quei carbonari, uno che conta, occhiali dalla montatura tonda e sottile di metallo, baffi da aramis messi lì a celare una natura che l'innominato, nel giudizio simile alla maggior parte dei suoi coevi, ritiene poco virile, insomma poco adatta al coraggio, quando quell'uomo che è una donna nel pensiero corrente, rischia e molto e in silenzio e più di altri adesso. Morirà tra un anno all'incirca, in una villa particolare, triste[i] si verrà a sapere; sul come trasvoliamo

---

i Villa Triste, a Milano via Paolo Uccello, sede (1944) di una banda chiamata Squadra Speciale di Polizia Repubblicana, nota per la tortura e l'omicidio di partigiani e oppositori del regime, nonché per le sue attività criminali (compreso il traffico di cocaina), a

per non, come si dice, non turbare al lettore la sua sensibilità; diciamo che la morte fu un ben fortunato andarsene. *Tu tu cos'è questo tu... vedi che ti faccio arrestare*, azzarda il tenente benché intraveda l'incertezza della propria posizione ufficiale in una caserma dove anche il telefono obbedisce sì una volta, e tre no, sicché è in dubbio se sì o no gli obbediranno quei *quattro straccioni* del picchetto con il moschetto ma che intanto non hanno mosso, non tanto il dito sul grilletto, ma nemmeno un sopracciglio, *E Lei non stia a dir monàde tenente che non c'è nessuno da arrestare ché siamo liberi di andarcene*. Sorrisi di approvazione dei quattro straccioni. *Soldato attento che è diserzione ammutinamento, Ma no tenente è solo che ce ne andiamo... non chiediamo il permesso... se le piacciono gli ordini per una volta siamo noi a darli... o vuole un fonogramma*, qui risate, sorrisi di approvazione, *C'importa poco del permesso ce lo prendiamo... il tempo è finito dell'ubbidire e combattere, Non finché sono io l'ufficiale in comando, È vero... ma dal comando... se non si leva dai coglioni la sollevo... io... e quelli là*, indica l'innominato un branco di commilitoni che intanto si avvicinano alla diatriba nel sospetto se le cose si mettano al bene, al male o non si sa, *Dei miei compa-*

---

capo del quale era Pietro Koch, già noto a Roma per tali attività. Arrestato, condannato a morte e fucilato il 5 giugno 1945. Tra le vittime di Koch ci fu il regista Luchino Visconti che ottenne il permesso di filmare l'esecuzione. [N.d.A.]

gni veda... non c'è uno che abbia idea di restare... mangiamo razioni da due giorni e allora dai apriamolo 'sto portone che prima andiamo meglio è per tutti, Levati dai coglioni tu... non fare lo stupido e voi, dice l'ufficiale al picchetto ma non ha tempo di finire ché l'innominato ha chiappato il moschetto che il sergente, senza fargli segnali e senza negarglieli, insomma con mossa ratta gli ha lanciato; gli altri tre non hanno né il tempo né la voglia nemmeno di capire a volo e la loro arma la posano a terra da sé tanto per far intendere che hanno inteso. L'ufficiale grida, alla tutto è perduto fuor che l'onore, *Fermi tutti o sparo*. Ma prima che gli riesca di sfoderare dalla fondina l'arma personale, avrebbe dovuto già farlo fosse stato di comprendonio più svelto, ecco che la bocca del moschetto dell'innominato gli si posa sul prolàbio, ovvero arco di cupìdo, ovvero ovvero sulla fossetta gentile sotto il naso da tenente, naso educato a odori migliori di quelli di un distretto e si vede. *Ora*, continua l'innominato che non si deve immaginare calmo, disincantato come cyrano, atto I scena IV, o d'artagnan disinvolto, anzi trema a dispetto della parlata formale, *O si leva di lì o la guerra per lei qui finisce, E perché mai, Dia retta tenente via di lì... si levi che è finita... siamo all'arimortis caro tenente... nessuno lo verrà a sapere soprattuto nessuno dei suoi padroni lo vorrà sapere... scappano... scappano tutti... ci vuol cosa ad aprire gli occhi... insomma non so come dire... gliel'ho detto... si levi di lì o vedrà bene che le sparo.* L'innominato, che non ha mai mostrato chissà quale passione nel maneggio delle armi, salvo la bianca e sportiva spada, sa quanto, benché robusto, quanto il moschetto soffra d'ansia alle volte, specie al richiamo dalla carne vivente; consapevole di bluffare e nella speranza che non si espella da sé dalla camera di scoppio, può succedere, clinck clanck uff è fatta, eccolo in canna il colpo. L'ufficiale non fiata, a guardarlo non si direbbe che abbia paura, non sa se si trova in mezzo a una mano di poker con il calibro 7,35 di cui ha visto i fori esatti nelle sagome da tiro; al fronte non c'è ancora stato e si è guardato bene dal lamentarsi di quella svista degli stati maggiori. Dunque le cose si mettono così, l'ufficiale non trova nulla da dire, soprattutto non saprebbe come dirlo e non fiata perché, primo si trova scomodo con quel moschetto sotto il suo naso e le spalle or ora messe al muro da un altro spintone deciso dell'innominato, ahi ehi gli ha fatto anche un po' male, secondo perché la richiesta di aprire il portone carraio è quest'ultimo a farla, *Apriamo il portone per favore,* e dopo una pausa in cui assesta bene la canna del fucile in faccia al tenente, *Per favore... lei... la sua pistola tenente... se ne vada o la tenga o venga con noi... faccia come le pare.* Il tenente consegnò la pistola.

Saltiamo i successivi convenevoli d'uso in queste circostanze, la cui sticomitìa, che bella lingua il greco, non è certa di certo. Saltiamo al passaggio che i fanti fecero in quel giorno deterso, ratti sparendo invece che sparando, appena varcato il portone; chi da una parte, chi da quell'altra, chi perse tempo, chi fu arrestato, chi sparì in questo o quel fosso, in quei gironi di sfumata disfatta. Cose note.

Il soldato innominato già sapeva che fare, dove andare, quali monti salire e salì. Il tenente restò solo e nulla si sa del suo destino o della sua fine, se tale e quando. Forse morì nonno di più nipoti dopo avere custodito per anni il ricordo del suo ricordo. Chissà, forse in qualche biblioteca secondaria si disossano le sue memorie di generale in pensione, caso mai.

Discesa notturna alla città di ***

Passa un giorno passa l'altro mai non torna il prode anselmo perché egli era[1]. Chiunque sia appena appena appena pratico di alpi sa quanto una ghiaia, un sasso, un ramo per traverso, il sentiero accogliente ma sul bordo di un orrido, sul ciglio scosceso di un torrente pieno di poetiche pietre, l'insieme innocente del paesaggio o della geografia, costituiscano in sé una riserva di pericolo attendibile; si sa che non una frattura né una grave ferita, ma una semplice distorsione della caviglia, una vescica che scoppia e sanguina, un ginocchio infiammato, il gelo, la scaglia di roccia che il caso incauto faccia precipitare dall'alto alla velocità di 9,80665 metri al secondo per secondo, possono essere preludio non di un danno, un fastidio, ma della morte, stante che quest'ultima è il più integrale dei fastidi, o ribaltando le carte il più integrale dei rimedi al fastidio stesso. Nel silenzio della montagna, di suo non silenziosa, indispensabi-

---

[1] Incipit e a seguire passi dell'ormai dimenticato poemetto burlesco *La partenza del crociato* di un allora noto autore Giovanni Visconti Venosta (1831-1906). [N.d.A.]

le alla prudente cautela è il sottovoce, non la chiacchiera del logorroico indifferente, incapace di starsene zitto fronte al più di sé e al timore che nega e ignora e non lo sa. *Perché egli era molto scaltro andò in guerra e mise l'elmo... mise l'elmo sulla,* sminuzzata in singhiozzi dalla memoria, frulla alle labbra dell'innominato, quasi volesse indicargli qualcosa la filastrocca che alle elementari così tanto lo faceva ridere, alle lacrime quando, per fare allegria, la cantava il maestro L*** dal torace di pollo scosso da una tossetta continua; *Gas, croce azzurra,* diceva il maestro e tossiva, *conca di plezzo*[i] *ottobre del 1917... la croce signorini belli vedete che serve a indicare tante cose e massime la vostra ignoranza se non imparate a scrivere come-si-deve.* Come si deve, ossia condizionale dovrebbe, poi spiegava. Così poco marziale quel maestro che rischiava di introdurre nella classe il dubbio specie quando a un ritmo burlesco la guidava nel cortile della scuola per la ricreazione, rapido scandendo, *Mì se l'él mo sùl la tès ta pér non fàr si tròp po mal e par tì la làn cia in rès ta a ca vàl lo d'un ca vàl.* Si sappia che il maestro L*** finirà al confino sulla punta ferrata del tacco, tutto sommato al caldo lui e i suoi polmìni più che polmoni malati. E giù che scende l'innominato in missione giù per la scoscesa via che al declino precoce della luce, novembre qua-

---

i Battaglia nella prima guerra mondiale. [N.d.A.]

si dicembre, lo guida nella foresta in cui la notte sembrerà non passare, con un torrente e il suo letto di macigni a fare da polare, da tenersi sempre vicino a destra; con una lampadina cieca la cui energia risparmiare, e con la neve nelle intenzioni del cielo; una follia quella spedizione, a dire il vero, ma per tutti i soldati, qualunque sia la loro guerra, si tratta di bordeggiare un rischio, finirci dentro fino al collo e non si sa perché, cioè sì, quando si tratta di cacciare fuori le unghie per difendersi, carogna più carogna meno, e si noti che solo nei film il nemico sembra lì che aspetti il suo turno per farsi ammazzare; mena invece il nemico oh se mena ed è astuto, da non credersi. *La sua bella che abbracciollo gli diè un bacio e disse va e poneagli ad armacollo la fiaschetta del mistrà.* Negra è la notte quando arriva ma attenzione non di un nero oggettivo, letterale, un colore pesato, nero di china, nero coke, nero lucido da scarpe nere; si tratta invece di un nero relativo secondo di come le nuvole, che da lassù osservano in massa la terra che ruota, si dispongono a strati nevosi che flettono tutta la scala dei grigi che quaggiù, tra i mortali, aiutano un po' a distinguere, forme d'ombra più o meno remote intorno e che, in tempi antichi e più malandati di questi, dovevano dare consistenza a sensi di smarrimento, esclusione, minoranza, tipici di ogni creatura vivente, che strisci o sgambetti. Popolato dalle infinite rappresentazioni della paura è il sentimento che l'umano piccino, non complice il sonno, prova e proverà forse ancora e per sempre nel buio, sia o non sia della propria protettrice tana. *Poi donatogli un anello sacro pegno di sua fe' gli metteva,* ancora ritorna l'innominato alla filastrocca e vorrebbe possedere di gatto o di civetta gli occhi, già parecchio miopi, per riuscire a prevenire gli accidenti del terreno, usare la lampada *giusto per*, ed essere già arrivato, via da lì, nel pericolo non meno oscuro ma più concreto della città, via da tutto quel buio fosco che gli riempie lo stomaco e i polmoni, l'intricata tessitura dei suoi muscoli e l'impalpabile impasto che lievita col nome di mente. L'innominato che non ha perso ancora la fiducia che il sapere coincida con l'aver letto, tira agli approdi dei suoi ricordi recenti anche le ponderose gesta del zarathustra, non seconde a quelle del prode anselmo, ma si accorge che questo non lo aiuta a superare il presagio di potere diventare un eroico olocausto, *crocifisso sul palo del telegrafo,* immagina l'innominato *quasi a modo* suo, e ha paura, eccola, più paura di quel suo spavaldo compagno, *il cagafuoco*, macellaio nella vita e della vita, abituato a squartare tanto di fesa, tanto di grasso, tanto di calli da buttare al cane, ma che alla paura concede tal credito di sostanza, di làmia, gorgòna, malefica èlfa o altro che dire si voglia, da spararle addosso tutti o quasi tutti i 32 colpi del suo sten; è capitato da poco e non c'era nessuno intorno tranne lei, l'intoccabile dallo sguardo che impietra, insieme con il pericolo che tutto quell'incontinente sparare risvegliasse, per quanto lontani, demoni piuttosto carnali, in nero e pugnali. Paura però fa novanta, stando al proverbio tarocco, perché novanta mah, forse perché è un numero grasso, da bollito o stracotto.

Lo scopo delle milizie sacre al monaco oscuro di berlino o alle grisaglie in paltò di salò[i] che fossero, era quello di sospingere le bande de' rivoltosi, Partisanen, su per le quote più alte, oltre le malghe, che si provvedeva a devastare, oltre ed oltre, così che armate alla meno peggio dai lanci di paracadute alleati e, fato caratteristico dello stivale, senza scarpe adatte o con scarpe rimediate e raccomodate alla meglio ché i ciabattini non abbondavano o erano morti per qualche oscuro calle o non avevano la materia prima per abili risolature, le bande, anche quelle tuttavia ben strutturate, giorni, settimane e settimane si limitarono a correre su e giù per passi di capre, mangiando all'*icche c'è c'è*[ii], aiutati sì dai montanari, dai quali bisognava imparare tutto,

---

i Sul lago di Garda. Capitale (1943-1945) della Repubblica fascista del Nord-Italia.
ii Toscano per "quel che è". [N.d.A.]

quanto a sopravvivenza, sia d'estate che d' inverno. La guerra tra i monti e nelle città devastate, abbruciate, dall'alto ratatùm ratatùm bombardate, in termini oggettivi non durò molto, ma dal punto di vista di uno che la combatteva, sarebbe sembrata infinita. Avvenne così che l'innominato passò dal mezzo marinaro delle fotografie di qualche anno prima, al grado di morto in contumacia, condizione quest'ultima comune a tutti tra noi che respiriamo, ma che la guerra rivela ed esplicita in modo, è il caso di dirlo, molto mirato. In tasca due bombe senza sicura, e una pistola modello 27CZ costituivano tutto l'armamentario dell'innominato, personale difesa; se ne riparlerà. La notte dunque era grigia e sonora; ma a lui cittadino, in bilico tra i due istanti distinti di paura e coraggio, timoroso, magari fosse inseguito, di accendere il suo lume per cercare di vederci, con una mano ridondante sul calcio della pistola, l'altra impegnata a tastare il terreno con un bastoncino da pastore, il fruscìo del suo stesso passo sembrava incalzarlo, ombra nell'oscurità, moltiplicarsi e confondersi con altri fruscii, col fremito del torrente, sciaguattare e tup tup di quali zampe chissà, con un acquarello di storia naturale o col rumore di fondo dell'universo, lo sfrrrrr che una leggenda narrata e mai confermata diceva potersi sentire, a star soli in certe notti speciali, lo sfrrrrr della terra che struscia contro la propria atmosfera. Ah ah ah. Convinto di aver colto, a un certo punto, detto sfrrrrr dal resto dei suoni, meraviglia e spavento tutt'uno, *Anima mundi*, bisbigliò l'innominato a se stesso.

Possono essere bizzarre le cose che un personaggio e per di più bersagliato dagli affanni della guerra si trova a osservare dentro e fuori di sé, prova ne siano gli elaborati ghirigori di nuvole e pensieri che andrej bolkonskij mette insieme un po' vivo, un po' morto, sul campo d'austerlitz. Forte di questo, l'innominato, che ha letto guerra e pace edizione integrale, riprende la discesa ed ecco che in basso di una ripida svolta per passare la quale è costretto a cercare appigli con le mani ghiacciate dentro dei guantini di lana, percepisce alla propria sinistra, una mole alta e dritta dalla quale proviene un chiarore, giallognolo e tremulo; si ferma, non per paura anzi quasi rasserenato dal trovarsi vicino a un oggetto umano, isolato, *Fermo o sparo*, pensa, ma non lo dice, acuto ha il senso del ridicolo. Lui, cittadino, non è abituato però e non sa bene di quante croci siano irte le cime da qua fino a là e oltre lontano lontano, atti di devozione e scongiuri, inconsapevoli parafulmini del fulminante olimpico zeus. Né ha fatto caso finora ai mille segni e profondi delle devote ubbìe popolari a protezione del viandante che scende o che sale, erme, solidi bisillabi er-me, nel fondo, nell'interno più interno delle quali si custodisce da molto, prima delle infinite guerre sante passate anche di qui da questi valichi e intese sacri macelli, qualcosa di tanto intellegibile quanto inconciliabile con i limiti che la ragione pone all'esplorazione del reale là fin dove esso muta in condensa, pelle d'uovo, l'invisibile che quanti si accontentano di credere mutano in religione monocola, quella del gigante polifèmo che si beve il vino proprio e le astuzie dell'enigmatico simulatore, fabbricante di pericolosi balocchi, ulisse. Insomma un'erma, una stele o in quel caso una specie di tempietto o tabernacolo, sormontato da una croce di antica fattura, secentesca, dedicato al riparo, alla presenza mah, di qualche altro spirito benigno, santo supposto o divinità secondaria o al contrario della più alta gerarchia; non ermes in apparenza, ma nella sostanza sì. Sono le donne di solito a essere pie nel campo delle convenzioni dell'innominato che del genere ha ancora un'idea vaga, inclusa la nera treccia che lo visita così di frequente in sogni goffi e gelati; un malinteso, le donne, in parte letterario, che le illustra più deboli, più ignoranti, mica rare peraltro, più facili alla briglia e allo staffile, dato il loro portato convinto al ruolo di vittime, *mi ami dimmi che mi ami se mi ami*, ma bisognerà bene che le cose cambino, quando, quando quando, quando il sol dell'avvenir. E pure in quella circostanza l'innominato sorride abbagliato dall'idea buffa di qualche pia donna che scoprisse davvero tra il fogliame un'erma millenaria e autentica, con l'èrmes fresco appunto, fresco di teneri muschi e ritto e pietrigno lì dove conviene che sia. È del tutto esatto d'altronde che una pia c'è stata davvero fin lassù, al bivio, lo hanno prevenuto, e quella pia egli ringrazia con un enfasi pari solo al mirabile atto del respiro, pia che ha avuto il coraggio grazioso di affrontare non rischi inconsueti, di essere da uno o più diavoli abusata, sconciata, cose note cose note, e di salire fin lassù con l'offa mentita d'una prece, e accendere invece un lumino tattico a colui che lei mai non saprebbe, a segnargli la strada corretta e magari affidare un pensiero alle due figurine pittate su due diverse tavolette, un cristoforo in umido fino ai ginocchi con in collo il bambinello e una santa lucia che ostenta brillanti in un piatto i suoi occhi. Guide. In quella *profondissima quiete*, all'innominato sale la febbre di un'altra guida, della treccia nera, delle sue gambe svelte davanti a lui che la seguirebbe; ignaro allora di piume e piumini, chissà che libere ora dormano sotto lenzuola, quelle gambe, pensa l'innominato, che di lei, del suo corpo amato disegnino un ritratto. *Gli diè un bacio e disse va.* Così nel fagotto dei suoi panni sordidi e intirizziti, nonostante i piedi così così nelle scarpe foderate di carta, all'innominato il calore di quell'immagine languida smuove qualcosa là sotto tra le due gambe dei pantaloni gualciti. È straziante avere desideri che per sfortuna e al contrario delle funzioni erettili, durano a lungo.

Si fermerebbe a pregare l'innominato se solo avesse dimestichezza con un atto che la sua esperienza relega nel fondo di credenze, superstizioni, fatte apparato e potere e in detti e fatti inaccettabili per un'intelligenza animosa, a prescindere dal genere di quest'ultima. Viene da aggiungere che il genere dovrebbe farla finita di costituirsi in barriera, ma questi sono pensieri che è impossibile attribuire a un giovanotto in armi, classe 1922, e tutti intento a dibattersi tra materialismi dialettici e storici, e storie, tra dühring e antidühring. Pregare, chi, come e per che cosa. L'innominato non sa ancora che questi tempi di guerra non concorrono a stimolare pensieri così mercuriali; non sa che preghiera non è l'atto del salvaci tu ma l'accoccolarsi del gatto in mezzo al mondo a lasciarsi ammirare e con giudizio, come sia sia; ma meglio comodi dormire, sentire, e da quel sonno al bisogno scattare e scomparire fino agli estremi rami e radici del proprio siamo e, con tutta probabilità, riflettersi nella parola riflettere.

L'innominato è incerto se sorridere o che cosa fronte a quell'ingenuo tempietto di pietre e calcina che, adesso se ne rende conto, benedice la biforcazione da cui, per una via, lui è arrivato e per l'altra si sale alla forcella di***, ossia passo o valico e di là da quella, via e vai e su e giù, tra gli innumerevoli zuc e piz dell'alfabeto alpino. *Fu alle nove di mattina che l'anselmo uscìa bel bel per andare in palestina a conquidere l'avèl né per vie ferrate andava come in oggi col vapor a quei tempi si ferrava non la via ma il viaggiator.* Il torrente mormora, tra sé l'innominato mormora, ricostruendolo, il rosario della filastrocca; gli è capitato di ascoltarne talvolta, rosari, visitando quelle chiese di cui solo l'architettura lo attrae. Gli torna anche in mente un parente, apparente più che altro, e in rare occasioni domestiche; assai lontano situato, in un sobborgo semita delle proprie periferie familiari, e tale da essere difficile persino definirlo, se cugino vicino e lontano, prozio o che cosa; in sintesi un personaggio più che marginale, di quelli che nelle storie si infilano all'improvviso, non di rado per disgrazia e che di colpo scompaiono senza avere tracce da lasciare. Un venerdì sera prima di una cena familiare, una di quelle agapi di numerosi molesti che stimolano nei marmocchi o il sonno precoce o un'uggia mortale, di là dalla porta del bagno chiusa, l'innominato s'era sorpreso ad ascoltarne recitare una cabala di lettere morte e sepolto lui, adesso chissà dove, polvere o calce, meno. *La cravatta in fer battuto e in ottone avea il gilè ei viaggiava inver seduto ma il cavallo andava a piè.* Hfff, si interrompe il divagare inaspettato dell'innominato; esaurita la cera, lo stoppino del lumino inghiotte la sua luce residua. *Dèi*, sente che dice la propria voce, *Gli, dèi*. E lui che non ha mai provato piacere nell'affidarsi a terzi incompetenti e che perciò ha finito di leggersi lo zarathustra senza confessarsi di non averne afferrato il che cosa; lui che alle storie della pandòra, grulla infestante, dell'edìpo, andante con cecità e del tallone incauto di achille, a tutte appose il sigillo rabbioso della logica che non si capacita, davanti a quell'erma ora spenta con le sue brutte figurine di cartone dipinto, si stupisce e non poco l'innominato dell'agio, non del disagio, dell'incanto che in sé accoglie, lo stesso s'immagina che coglierebbe l'architetto tra colonne, pilastri e gradini di un cimitero archeologico, se da lontano gli arrivasse nitido e mitico, l'accendersi a centinaia e centinaia dei lumi in una città che vive; di là dall'immaginazione, compare un ricordo bambino, vacanza estiva nella città di mare della madre, il gran letto dove s'addormentava e al mattino, nel buio relativo del risveglio, sorprendente via lattea, brillava d'oro e d'argento il pulviscolo sospeso nella stanza dove, incognito, il tempo correva ruotando irregolare e caotico, sull'asse perfetto di un raggio di sole; *Proustatiti*, pensa ridendo, tal francese; *Da tal mal francese*; il tal mal francese l'ha letto male e a singhiozzi e non gli piacerà mai.

La fortunata combinazione, l'incontro destinato, la tyche e l'anànke che bella lingua il greco, etern'atèna, con proust non l'ha intercettato. *Col cimiero sulla testa, ma sul fondo non guardò e così gli avvenne questa che mai più non ritornò.* Ares eros iris.

Come la notte volle, alla fine l'innominato arrivò in vista della città di ***, costretta a un oscuramento più sottile di quello antiaereo e da più tempo di quanto gli abitanti potessero ricordare.

Con due bombe a mano

A tempo, una per tasca nelle tasche dei calzoni, della giacca o del cappotto, da innescare al volo in caso di cattura e così ottenere il duplice risultato di far morti o sgorbi gli sbirri e di scampare, esplodendo così, all'usanza della tortura. Ma, l'innominato, non dovette pensare con attenzione al particolare che in caso di cattura, difficile sarebbe stato pescare al volo uno almeno degli ordigni e, tutto contando sulla reazione tardiva dei *birri,* innescarli, non i birri gli ordigni, aspettare gli istanti che sian brevi all'aletta del percussore, ché percuota l'innesco e *brumpf* alla fine, tritolo. Tanto vero il fatto, quando un bel giorno capitò, che l'innominato fosse riconosciuto per caso, fermato su un treno all'alba e, come da regolamento, ferrato ai polsi da una guardia dall'aspetto di mite burocrate, ma decisa senza troppo ferire a guadagnarsi sull'altrui testa il premio più atteso e succoso di una razione speciale di surrogati. Nel viaggio a rilento fino alla stazione di B*** dove in un bel palazzotto a metà collina, residenza del governatore T*** ai tempi del duplice impero, ora risiedevano altri a svolgere un loro poco santo uffizio, la guardia in questione prese a lamentarsi con il prigioniero che con lui di personale non aveva niente, niente da rimproverargli e che, *Anche di politico in fondo... vi capisco bene*, disse, *Quello che volete voialtri... persino giusto... un po' di libertà... ma... non sono coraggioso... davvero... poco... mica da vergognarsi... per vent'anni nell'arma... tutta una carriera d'ufficio... mai visto un morto... sì furti... liti... poca roba da poco... sono più curato che maresciallo... da piccolo guardavo i preti con invidia... mi sarebbe piaciuto il seminario... ma poi sapete... voi siete uomo di lettere si vede... sarete uno sfegatato ma com'è che c'è scritto che uno il coraggio non se lo può dare qualcosa così; È manzoni*, precisò l'innominato; *Ecco mi sembrava*, continuò con il più patetico degli accenti il birro, *Non ci voleva proprio questa guerra... io ho tre figli... uno non so dove prigioniero... india... tornerà non lo so... gli altri sono riuscito... uno a tenerlo a casa e lavora in una fabbrica di munizioni... l'altro è quasi ragioniere e l'ho sistemato alla contabilità del mio reparto... lavoriamo per diavoli incarnati... da non credersi tignosi con i conti come se niente fosse... tutto crolla e loro... come se a vincere*, abbassa il tono di alcuni decibel sornione, imitativo, ellittico, *E vinceremo... e vinceremo alla partita doppia e al tre per cinque quindici... non è un gran posto una caserma per far pratica... ma una pensione anche a mio figlio non gliela leva* nessuno... non fa niente di male capite e quando verrà... perché verrà... vi state preparando... lo farei anch'io anche se; Se aveste appena un briciolo di fegato, conclude l'innominato con un certo fastidio; Bèh verrà il tempo delle vendette... nessuno potrà dirgli niente al mio ragazzo... prima della guerra ero... voglio dire sono stato... ho bisogno della pensione anch'io... capite... e vada come vada a guerra finita... tanto finisce presto... qualche mese... figurarsi un anno... mi ritrovo a casa e forse potrei anche mettermi a fare qualche lavoretto qua e là... non so cosa potrei... qualche lavoro di fiducia... dove ci sia bisogno di uno che la legge la sa... tanto oggi o domani cambia poco.... e che con tre quattro buone maniere... voi... non dirai mica che ti ho trattato male... ti parlo come... non non voglio dire... nessuno manda un figlio a cuore leggero dove ti devo portare... si dicono di quelle cose della comandatür[i] si sentono delle urla ... la gente si segna al passare vicino... ma insomma tu... voi siete robusto e almeno me non mi odierai caso mai. Il dialogo continuò così nel tono e con la sostanza d'avemariamaterdèi mentre il treno correva per modo di dire, meditando sulla propria pensione, affannato dal proprio di fumo, sulla sua via e, benché a un certo punto si trovasse di faccia a una coppia di caccia britanni, i piloti si limitarono a svolare, a una raffi-

---

[i] Storpiatura dialettale di *Kommandantur*, tedesco per quartier generale. [N.d.A.]

ca molle come per scherzo o per fare paura al trenino che presto andasse a cacciarsi in una galleria; quando ne uscì, lemme lemme come una chiocciola uscirebbe dalla sua casa a misurare la temperatura là fuori, fiutando se sì o se no la pioggia, i caccia erano già chissà dove lontani; pieno lì intorno, d'industrie, officine, depositi, e persino isolata in un parco una scuola di negre milizie.

Ti tolgo i ferri... dice lo sbirro prima di scendere dal treno, *Tanto nessuno ti aiuta anche se scappi anzi capace che qualcuno ti spari... sai come sono le stazioni e tu mi dai la tua parola che non scappi perché non è da furbo scappare... adesso... e adesso,* continua meditabondo anzi come distratto dal suo pensiero, *Adesso qui vicino due passi... alla prima caserma... la mia... un salto su... riferisco e alla villa... alla vil-la... alla comandatür ti porto dopo... la tua parola.* E intanto che l'innominato riflette se sciogliere adesso sì adesso no le granate dalla sicure, e che la guardia deve fare un salto su e lui s'interroga sul perché di quella manovra e la sua parola gli dà, nemmeno sa perché, magari si fida bah, *Faccio un salto su,* ripete di nuovo lo sbirro e sono già arrivati nello stanzone di guardia carraia della caserma lì vicino e lo stanzone è vuoto se si esclude una panca e un tavolo e un cappotto e un berretto da ufficiale sull'attaccapanni, *Tu mi aspetti qui,* ripete e ripete, osserva l'innominato e,

Siamo d'accordo io e te... la tua parola io vado... timbro e torno... tu, passa a velare il tu dello sbirro con una maschera che pare da complice, Tu resti qui... non scappare neè... da uomo a uomo non m'inguaiare... se vuoi... pisciare la latrina è lì in fondo... la porta, conclude indicando appunto un uscio in fondo a un corridoio cieco. Sicché l'innominato fu lasciato solo, e sì ne approfittò della latrina, di tanto e insospettabile lindore che, poteva essere l'ultima e solenne quella pipì, gli sembrò o il segno fatale della sorte o l'estremo sberleffo. Mezzogiorno. Da una finestra che guarda il cortile della caserma si vedono due militi anziani che chiacchierano e fumano, e fumando e fumando dicono passi l'appetito; tempi assai magri; le due bombe in attesa, quanti ne ammazzo, il suo sbirro privato, l'uomo ha tre figli e non lo ha perquisito, hmm, sciolte le mani, hmm, e giù non tornava dal su dov'era salito, ma quanto ma quanto, e il pastrano e il cappello appesi all'attaccapanni, mostrine, dove sarà l'ufficiale, domanda a se stesso l'innominato e s'infilò nel pastrano, con sotto braghe e scarponi rubati e, da lontano, nell'insieme forse marziale; travasa le bombe dai pantaloni al cappotto, si abbottona perbene, il berretto un po' sulle 23 come aveva notato a volte nei militari più sicuri di sé e nei tranvieri, chissà perché, come chi che vuol darsi un contegno ma sbarazzino, e via, eccolo fuori l'innominato, mani in tasca, le dita sicure sulle sicure; i due militi a chiacchiera nel cortile videro un'ombra in divisa uscire dal portone carraio, non fecero un motto né ebbero il tempo pel saluto ordinario, né per guardare sotto il cappotto, che a passo marziale fila l'innominato, è fuori, piroetta tra vicoli e stradine vicine, prima a destra, a sinistra, a destra, sinist dest altro che al passo, di corsa hop hop, lontano dalla stazione, un treno nemmeno tentare, via via; di fianco alla scarpata però della ferrovia tra le case ora più rade c'è una stradina sterrata, non passa nessuno, evviva nessuno, con l'aria più del sentiero campestre che urbano, piante, degli stecchi la punteggiano, sfumando all'orizzonte; del cappotto si sarebbe liberato, e volare meglio che correre, ma si contenne ché all'improvviso gneck gneck sulla bici, venne incontro un soldatino scomposto con due enormi pacchi legati alla come si può, uno dietro alla sella e l'altro al manubrio, borsa nera, furto o fortuna; frenò saltò giù lasciò cadere la bici, salutò con il dovuto saluto la divisa ufficiale, *Comodo comodo,* si attenne a rispondere e astenne dal ridere l'innominato ma ringraziò la dea dei travestimenti per averlo reso così credibile; il soldatino rimontò il suo biciclo e, gneck gneck, senza l'ombra di un sospetto. L'innominato continuò al passo forzato che aveva imparato nei mesi di istruzione marziale al suo distretto. Marciò marciò oltre le ultime case, marciò campagna campagna, e un-due e un-due e un-due marciò dovendo aggirare più di un paese ma senza perdere d'occhio la ferrovia, via per 5 kilometri, per 10, 18, ancora e ancora, una fame, 25 kilometri. A notte, quando una luna opaca si appostò nel cielo a dar conforto ai mortali col suo vago chiarore, arrivò a un paesello stretto tra colline bassine a sinistra e più alte, già montagne alla destra. Coprifuoco, nessuno in giro tranne una ronda, dove boh ma molto vicina; berciava ubriaca e laggiù non aveva molto da rondare, pensò l'innominato, dacché le case parevano otto, e in un posto così, sicuro che non ci fosse nemmeno un'altra casa, di quelle dove finire la serata chiusi all'ombra di fanciulle sbocciate a sfiorire in quei tempi mogi di carestia. Niente, i berci della ronda si allontanarono, sfinito, impaurito, una fame, l'innominato si buttò, accoccolato ma vigile in un folto accanto ai binari, da lì vedeva a destra e sinistra la linea ferrata e non tanto distante un lato della stazione, la scritta pittata, oscurata ma grande tanto da leggersi ancora sotto la luna, sotto un ben grosso buco nel muro, nera su bianco, *è la spada che lo difende*; la prima parte del dùcile motto è *l'aratro che traccia il solco*[i], se n'è andata barabum

---

i Uno degli innumerevoli iperbolici motti mussoliniani dipinti e ripetuti ovunque sui muri per propaganda. [N.d.A.]

sbriciolata magari da una bomba d'aereo. La notte era fredda e il cappotto comodo sì ma non tanto da pensare, oh che caldo; infine ancora nel buio che procede dalla notte e precede l'aurora, delle voci, passetti, rumori sommessi; guardò, si arrischiò dal suo riparo a confondersi con le operaie, paesane e qualche borghesa, donne le più, che cominciavano ad ammassarsi in attesa del primo, sperare non l'unico, treno della giornata, forse andavano alle fabbriche, alle fonderie, lì vicine, a cercare che cosa, o al diavolo dove dovessero andare; con tutti gli arti intirizziti che lo impicciavano a muoversi, però gli riuscì di ammassarsi con loro nel treno che ripartì; lento ma lento da credersi che fosse il paesaggio a muoversi fuori e non il contrario, il treno diede all'innominato il vantaggio di saltare giù prima del capolinea e, osservato ma non trattenuto da chi sonnecchiava a ranghi serrati, prima, in un'alba lenta a svegliarsi prese il volo per dove ora riconosceva le strade e subito su a salire per i monti, il cuore affannato, finché non fu sicuro che il travestimento da ufficiale lo avrebbe trasformato in bersaglio ma dei suoi stessi compagni. Rinunciare a un pastrano però; strappò e gradi e mostrine, gettò la berretta e continuò a salire. Fu allora, quando da poco era desta, che nebbia dalla dita grigiastre lo vide e con addosso appena la propria vestaglia scivolò risoluta dalle cime, tra gli alberi fitti, lo colse, lo accolse, lo avvolse, e coprì, lo sospinse e guidò verso l'alto del suo stentato sopravvivere alla guerra.

Gigogìn[i]

1. *E la bella gigogìn col tremillelerillellera la va a spass col so spingin col tremillelerillelà.*
Gigogìn è il suo nome di battaglia. Gigogìn, la bella gigogìn è una canzoncina che tutti conoscono, antica, memoria della battaglia, magenta battaglia di, secolo diciannove, chi non la ricorda, giugno, quatto, MDCCCLIX. Gigogìn è un attore tuttavia. L'innominato l'ha riconosciuto e questo a regola non va tanto bene; dimenticare; non avere visto; cancellare il dato ma l'innominato, a teatro e al cinema, prima della guerra, un'abitudine; appassionati di operetta il babbo e la babba del babbo, abbonati al teatro con un nome di dea, già s'è detto. Gigogìn invece è un attore che parla, una voce che suona più dal buco di una caverna, che dai polmoni, che allena, lui dice anche adesso scherzando, una sigaretta via l'altra, sa lui dove trovi le sigarette; ai quattro del gruppo di azione patriottica gap, ecco le sigarette, assai generoso. In piedi in un angolo del

---

i *La bella Gigogìn* (Paolo Giorza 1858). Celebre canzone delle guerre per l'Indipendenza d'Italia. [N.d.A.]

magazzéno dalla cartolaia G*** della via argonne, gigogìn ha un aria bonaria, bassetto, affilato, un coltello, si capisce che piace a chi piace, fin troppo elegante, certo andava e veniva dall'estero prima della guerra, ispagna, ha già combattuto quella guerra, alemagna, arjentina, un sarto capirebbe che il taglio e la stoffa dell'abito sono angli, anche le scarpe; il parlare è deciso, adatto al suo ruolo, attore in ogni occasione, capocomico come la sorella che recita al sud, ormai liberato, sposa a un attore famoso già adesso ma meno di quanto sta per diventare non solo giù al sud ma in tutto il mondo; oscar; gli attori si sa girano, vedono, si muovono che sembrano liberi soprattutto quei comici, ché s'immagina dispensino oblio a chi li applaudisce prima del coprifuoco; e il teatro nasconde meglio di quanto riveli, in senso stretto e largo, a volte anche l'innominato ha trovato rifugio qualche sera delle peggiori, nei panni di guardia del doge. Riunione importante quella, su una cassetta di carta anteguerra siede anche un tipo dai baffi importanti, di struttura portante, parla un niente, assentisce quando sia il caso, meno, tuttavia i suoi modi fanno intendere che lui e gigogìn sono tutt'uno con l'arte, non è un attore causa una gomma bucata alla erre, e"e, ma lo sguardo è perentorio e volante, da falco o da direttore d'orchestra, direttorio comunque, è il compagno be"toldo, oh che brivido compagnarsi e scompagnarsi, scompagnati; voilà, voilà nella tasca sinistra della giacca gli si nota un volume, ma occorre proprio guardare come farebbe uno sbirro, un libro rilegato di tela marrone, l'innominato chiede di vederlo e ottenuto, quel che gli pare un privilegio, lo tocca con devozione quel libro col titolo impresso in gotiche azzurre che l'innominato sa decifrare, e carta, oh carta finissima, profumata, minimo di indietro diec'anni, be"tolt b"echt gesammelte we"ke. Voilà il bee'toldo. Libro alemanno e pericoloso. Infine un altro uomo, no name, molto alto, accento dell'est, adenoidi, voce di testa, capelli ondulati da vitellone, da istrione, istriano mah, sta in fondo al locale, in ombra, col fare un po' recitato del cospiratore al cinema o di chi non sa come essere visto; dovrà passare in die schwitzra e questo è il compito del gruppo di azione. Nasconderlo, documenti e spedirlo. E l'innominato, anche se in mente gli viene che, arrivasse di là il vitellone, potrebbe chiedergli di cercare per lui la treccia nera, gnack si morde la lingua, cercata e trovata e rubata è tutt'uno, amici o compagni, sono uomini tutti. Ma c'è ancora dell'altro, si chiede, si chiarisce al momento, le armi, l'ora e il modo, il luogo, il cheffare, il chi è. Capito. Saluti parchi, ognuno per sé. Il magazzéno, la clèr che si apre si chiude, crrrllllang; silenzio, s-ciak, azione.

2. Nelle convinzioni fantastiche qui sotto *le nostre stelle dell'orsa*, ovvero in quei begli oggetti pensati che sono miti e archetipi, al topo talpus, è associata una doppia virtù. Infatti, con l'esclusione dell'umile arvicola, myodes glarèolus, il topino campagnolo che trema, al gelo mendicando una mica e che si nasconde, alla calura d'estate cogliendo il fresco delle acque chiare e l'ombra delle erbe di cui è ghiotto, e che sempre con qualunque tempo è preda diletta dall'alto di nibbi, falchi, allocchi e poiane, dal basso di donnole e avide serpi, è chiaro tuttavia che il topo, anche nella sua formulazione domestica, mus mùsculus, piacere piace assai poco sì che è un sentito dovere destinarlo alla strage, oppure stuzzicarne le urla e il dolore con metodo e per il benbène scientifico, una conferma però dell'affinità tra quel mammifero di pochi grammi, 25 non più, e il suo maggiore antagonista e coinquilino, il mammifero umano adulto, di grammi tanti ma tanti di più, centomila persino. Al ratto, rattus rattus, alla pantegàna di fogna, al topolone o topastro, svergognato quanto scabrosa la sua potenza e frequenza spermatica, alcuni esemplari del quale possono dare il blitz prima alla ferocia tecnica e poi all'orrore prudente e alla fuga del più robusto tra i gatti guerrieri, è associata la virtù devastatrice d'impenitente rosicatore, metafora di ogni nascosto rodìo; infaticabile e occulto corruttore delle radici di quell'esistenza al sole che ha un suo tenebroso parallelo, copia negativa e infernale, di un quassù rigoglioso quanto fragile e, ahimè non del tutto positivo. Dell'ecatombe piccolo dio, il ratto è una morte vivente, all'occorrenza vampiro egli stesso, benché meno vistoso, accompagna nei suoi voli notturni il vampiro maggiore, da vampiro pilota diciamo o araldo pestilenziale, che uccide dovunque, impunito, impunibile il più delle volte; la saliva, la piscia, l'escremento che ammorba, inquina, gli incisivi che rompono, tagliano, infettano e corrompono; beato demonio fognario, nell'immaginazione, la peggio, e negli incubi esso si erge robusto sulle sue zampe artigliute, seduto leccandosi i baffi, irriverente copulatore su un deserto di cadaveri sconci; e pure libero e giocondo, lì a rosicchiare qualche guancia, qualche occhio sugoso e tanto le dita ossute del guerriero, quanto le delicate del ragioniere, della sarta, le ovaie della massaia. Epifanìa del male ontologico, il topo e la sua metafora umana, il figlio di troia vacca puttana impestata, sono colpevoli entrambi dell'ereditata colpa di essere nati tali da una matrigna comune.

Topolone dunque fu il nome in codice assegnato allo svelato vigliacco, al bastardo infilato, al discreto tartufo, al *tuttiperuno porthos* delle riunioni segrete scoperte con gran trambusto di spari e dita spezzate e poi, è ben noto, di camerette segrete, latèbre dove le urla dei torturati rimbalzano contro muri assordati; il giuda delle azioni abortite nello scempio di un'imboscata, eccolo lì, l'accalappiatore di consensi e fiducia, grasso, buono e faceto, il ratto che grufola ratto tra i resti di chi ha assassinato senza colpo ferire; pensa all'incirca così il pensiero acuminato dell'innominato osservando l'uomo con la faccia acuta di un topo appuntito e cicciotto, pacioso seduto di dietro nell'auto, una delle poche che circolano che non siano militari, ma con autista, e altro tale, diremo, trimpellando tranquilla prot prot prot lungo il corso della vittoria tra i civici 18 e 28 . Riconosciuto, è lui sì sì sì, un cenno del capo, un'occhiata ai tre pronti lì intorno, sì sì sì, il primo che simula un darsi da fare con la catena della sua bicicletta, due altri che spingono le loro pel marciapiede con l'ando di chi cerca un indirizzo, un portone. L'auto rallenta ancora, accosta e il topolone, una carpetta da ufficio nella manina grassoccia, smonta più con fatica che con cautela, in effetti è più grosso di quel che si direbbe. *Stupido*, bisbiglia per sé l'innominato, *Uno come te dovrebbe strisciare e correre correre e strisciare*. Gli si avvicina alle spalle, l'auto sta rimettendosi in marcia, *un impromptu* di chopin è meno improvviso, l'innominato chiama, *Ermanno*, nome vero rispetto a quello finto fornito, *Ermanno*.

L'ermanno non resiste al fascino ariano del proprio nome e si volta, sbang sbang sbang, da tre prospettive differenti due automatiche e un revolver dei tre compagni ciclisti. L'ermanno salta come si dice che salti il cerbiatto, piroetta, volteggia hhooppa là là sul marciapiede. L'auto si blocca dov'è, uno dal dietro si scaraventa di fuori, doppio petto e fascistissima spilla sul revers della giacca, a seguire l'autista, un militare, all'armi siam fascisti, tiro al bersaglio dei ciclisti, sbang brang bang a volontà barabang. Due colpi finali per sicurezza. L'innominato che è lì da commissario politico, oh parole d'incanto così insieme rassicuranti, sonore e temibili, commissario politico, che è lì a osservare che con l'ermanno la partita sia chiusa, ma no, c'è ancora un po' di movimento dell'ermanno là sotto tra il sangue che allaga il marciapiede e i fogli sparsi dalla cartelletta di ragioniere, l'ermanno anche lui è come la speranza, già questo si è detto; l'innominato ha armato la sua personale 27CZ e sbang topolone, scacco matto. Questa risoluta capacità di uccidere, benché in un'occasione unica, non finirà di stupirlo per anni. Un gruppetto di comari strette d'appresso, a simulare un terrore maggiore dalla convenienza lì nell'androne del civico 24, fanno finta o non sanno; la portinaia che strusciava l'ingresso carraio con lo spazzolone, si è fermata come per riposarsi, l'azione, gli spari nemmeno un plissé, vivandiera sul fronte orientale nella guerra quell'altra, ferita nel '17, mezza morta sul suo carretto fu riportata dal cavallo nelle retrovie ed eccola qui portinaia decorata a non darsi ancora per vinta. Dice qualcosa la vecchia donna, guardando nel vuoto per non che sia capita dalle comari, una voce d'intesa tra lei e l'innominato in ginocchio che al volo raccoglie e fogli e carpetta, capito capito, e via che corre e si infila nell'androne, corre; due ingressi ha lo stabile, c'è una bici pronta fuori dall'officina di un fabbro, un anarchico vegetariano, fabbro detto appunto, la carpetta scompare nelle sue mani, vola nella fornace, vola l'innominato via per l'altro portone, altra strada, corrono lui e la bici, corrono a sorpresa della meccanica e delle giovani gambe e della paura che fa un po' più di novanta. Nella fornace del fabbro la carpetta oramai è più fumo che carta. La pistola è un brutto dettaglio per uno che scappa e si vede, ma lui ha in tasca le sue due granate e da tempo segna la morte nel conto delle sue perdite e dei suoi profitti. Sul viale dell'agguato, un passante allocchito ma non troppo, *Se ne vede di ogni al giorno d'oggi*, dice a titolo terapeutico alle comari, occhi sgranati che assentono all'unisono ma nell'incertezza degli affetti da mostrare in pubblico, paura a parte, quella sta bene su tutto; lancia ancora un'occhiata il vivo prudente ai morti intrisi di sangue, l'auto con le portiere spalancate, lo scappamento che sprot sprot spot fumo nero, gasògeno, s'ingolfa il motore, acconsente e si tace. Tre di meno, pensa il passante, e di avere pensato ciò che ha pensato lo sa. Passa oltre. Si sente un clap clap senza corpo, c'è una piccola folla, tutto il gruppo di fuoco nessuno ha provato a fermarlo, chissà dov'è adesso, non saprà mai di quell'applauso. Forse, ma è solo un forse che parla, lontana lontana lontana una sirena.

O falce di luna calante[i]

In una stradina antica ai margini del centro abitato vive una russa, l'anziana, non vecchia, princesse D***. Parla con l'abilità di una cuoca che da una pasta, faticosa tiri un velo con lo spianatoio di cechov; oh ma ha fatto la rivoluzione e la guerra civile e, su un tavolino troppo piccino per i troppi libri, in una cornica d'avorio retta da un piedino d'ebano, sta una foto dedicata a qualcuno che in dono o non l'ha ricevuta, o l'ha resa, per liberare la donatrice da un impegno promesso sì e no. È un ritratto della principessa in divisa dell'armata sovieta, 1920 la data, espressione conquistadora, una lunga fondina per traverso alla cintura dei calzoni infilati negli stivali russi, i bei valenki da bosco e da riviera, non da parata. La princesse racconta con gusto che la rivoluzione fu bella e crudele e di intraducibile orrore la guerra civile così bene istigata, *Dalla paurosa avrupa*, sorride alla turca; poi della nep, degli artisti, dei quinquennali, conquiste, miserie, rovina, la coabita-

---
i Gabriele D'Annunzio, *O falce di luna calante*, "Canto Novo" (1882). [N.d.A.]

zione, il nulla sovieto nella scodella, poi della fuga a con-stan-ti-nò-ple, racconta racconta la principessa che ha *noms de pays* tout à fait désuets e pertanto più che mai attuali nel proprio armadio-baule, geografico e sentimentale, e l'innominato che è nel partito e che del partito diventerà per qualche tempo oratore ufficiale non ci vuol credere che il partito e la così grande madre russa possano perseguitare e, abbassando il tono del pensiero, uccidere, ahi medèa, i propri figli stessi; e lei, la princesse, devota a trotzkij fino a non percepirne la fanatica furia, fu considerata la peggiore delle figlie nemiche, una fascista e forse peggio di tutto, una borghese. *Oh*, dice la donna con un oh perentorio, *Trasformarsi in contadina una principessa ah può con facilità anzi... in assassina va sans dire e a ben guardare un vero nobile è un vero contadino con l'assai poco trascurabile vantaggio dell'acqua calda corrente in casa ma... oh bella... la mercante di tappeti... mai.* Ride di ciò che dice e dice ciò che dice perché se ne rida, e parla che è una bellezza ascoltarla come se la prosodìa di tutte le lingue che sa e che legge e che scrive con finezza d'intenti, e che è capace di insegnare e correggere all'innominato tutte insieme russo, inglese e francese – intruglio didattico a rischio della vita per entrambi –, desse al suo pensare la sintesi ritmica di tutti quei ritmi. L'innominato le dice, *Non dovreste tenere quella foto* sul tavolo... capitasse una retata... un'ispezione... sa che cosa farebbero, Che sarà mai... mi ucciderebbero, risponde lei, Salvo sciogliermi addosso qualcuno di quei sadici in foia che si arruolano adesso in ogni depravata milizia che batte i paesi... ma non credo... dopotutto sono sfuggita a due polizie nella mia vita... piuttosto efficienti non solo brutali... mi cercava ma sono sfuggita all'ochrana... ero molto bella sapete allora e ostinata... russa... e la ceka... oh avevo qualche anno di più già... già... in definitiva tutti fessi... anche quella vostra ovra... pretenziosi fessi. L'innominato studia studia come può, apprende a bere il tè ma si domanda in che maniera e con che soldi la princesse se lo procura, com'è scappata dall'unione sovieta e perché fino qui a trovarsi un'altra guerra, chi lo sa che sia la stessa, chissà che le piaccia la guerra, trascinando con sé l'enorme samovar con cui gli insegna a preparare il tè, a mettere in bocca non nella tazza la zolletta del preziosissimo zucchero, ma la principessa ha anche quello, misurato ma c'è, sulla punta della lingua e giù mandare giù quella bevanda nota e non familiare, della cui pianta ha letto, tutto perbacco, *dove muore e torna in vita*[i], e l'ha anche bevuta talvolta, tempo addietro senza interesse, in vacanza nella città di sua madre da dove il tè transitava, insieme con il caffè, ma tutto sui treni su per il nord. È imbarazzato l'inno-

---

i Pietro Metastasio, *Demetrio* (1731), II.3. [N.d.A.]

minato che dopotutto è un ragazzo e del ragazzo nutre le paure e le ingenuità; non sa se quella donna che gli racconta disinvolta di una inquietante materia, la psicoanalisi, dei tali che l'hanno inventata, di donne portentose che dei tali sono state e sono a loro gusto amanti, amiche, complicate sorelle, oltre che risolute studiose; *Deve leggere rilke mio giovane amico;* oh cielo, mio giovane amico fa tuffare l'innominato nel mare di mille cuori, di mille senni smarriti, del benessere, esista o no sulla luna un mare con questo titolo transitorio. Mio giovane amico. *Ma cosa vorrà questa qui mica che,* domanda un innominato all'altro. La principessa parla degli uomini, disinvolta, salace, mordace, di sesso, non trema e se ne compiace, *Mio marito aveva tanto sposato la rivoluzione... sempre morto di stanchezza... riunioni comitati riunioni... una notte si addormentò su di me non ci crederete mai... dentro di me è chiaro ma il sonno... e così non mi ha lasciato nemmeno quel poco di seme alimentare... non so nemmeno dove sia morto... la russia è ben grande sapete...* e ride come una tale, una tale di scandia, attrice e regina del cine, con desidèri che lo imbarazzerebbe dovere, si domanda l'innominato perché mai, dover soddisfare; non sa proprio quando si estingue, ma si estingue è l'altra domanda, la voglia di toccare la pelle, ed è sempre vero o vero non è, che solo dei giovani è bella la pelle; si domanda come molti giovani si rispondano. Osserva le rughe; forse tale e quale lo stile che, guidato dagli invisibili, l'antico scultore imprimeva all'eccesso, al superfluo, al troppo pieno del marmo, uno stilo ha preso a scavare il volto della signora, ripulendolo da un eccesso diverso, da una giovinezza superflua, da una trasandata sicumèra, per arrivare al nucleo della materia, alla radice di quella sé stessa che con tutta probabilità non è di preciso né sé, né di sé; di un carattere che l'innominato indovina sbozzato fin da quel dì, da prima di eòne il magnifico ma che, di ciò si dà conto, più che nella foto, dal volto, dal gesto di quella soldata giovane e bella, intelligente per certo e arrogante, traspare dalla figura di adesso diretta e segnata, da quel corpo deciso, pronto o persino indifferente alla propria scomparsa; com'è delle cose belle quando con la propria luce abbiano sfiorato la pellicola del mondo tanto da lasciarvi per sempre la loro impressione. Ma insomma ogni volta prova questo imbarazzo da vergine sola a solo, solo a solo, sola a sola, che sia stata irretita all'incontro in uno di quei salottini privati o separé dei ristoranti di lusso; stato non ci è mai stato ma ne ha letto e si sa che la lettura è la massima esplicitazione dell'esperienza per lui, anche in guerra. Ma è una medicina stare lì in compagnia di quella donna attempata, di cui non può comprendere come governi il tempo che la governa, il tempo di un tè e di una lezione.

La principessa metteva un vaso di fiori sul davanzale, non sempre gli stessi, significava arivivis per l'innominato; se il vaso non c'era, giovanotto arimortis, più tardi, domani. Poi, un giorno più niente.

O mangi sta minestra o salti dalla finestra

Si dice spesso mettere in conto e vedremo più tardi lo speciale ruolo di questo modo di dire in queste storie. L'innominato poteva prevederlo, lo prevedeva, in conto lo mise ma fu colto lo stesso dalla sorpresa all'arrivo della milizia[i] proprio in quel rifugio così sicuro dalla cartolaia G*** lì sulle argonne di quella via in cui lui aveva combattuto la sua battaglia con le lacrime, pàniche e amare. Bussarono e ribussarono mentre la vecchia G*** strisciava alla porta miagolando che andava e veniva veniva, *Vengo*; mattina ore cinque. Un film. L'innominato che dorme vestito su un divano, con le scarpe e una coperta, che si sveglia prima di sentire bussare, vibrisse tali quali del gatto che sa – gli animali sono antenne puntate sul mondo – se è il suo umano che apre e richiude il portone di sotto, con la differenza che ora alla porta bussano predatori carnivori, insetti assassini; poi che apre di dietro la finestra del balcone sospeso sugli orti di guerra, che esce nel freddo del giorno non ancora chiarito, che accosta e

---

i Milizia Volontaria per la Sicurezza Nazionale. [N.d.A.]

rapido richiude le imposte da fuori, per guadagnare tempo e non far accusare la vecchia signora, che scavalca il calcestruzzo del parapetto e si butta di sotto sulla terra scassata dell'orto. Tutto previsto. Il film tuttavia non prevede la scarica elettrica violenta su dalla spina dorsale giù dappertutto fin dove arrivano i fasci nervosi, l'intervallo di tempo in cui l'innominato, ruotato sul fianco, crede di essere paralizzato da un terrore più grande di quello della milizia, gestapo o chi sia. Dopo men d'un secondo però, con un dolore che dal coccige dappertutto scorreva, ecco correva tra gli orti anche lui verso l'uscita lontana del blocco gigante di case popolari. Ai talloni del giorno che sta comparendo, nessuno lo vede o se lo vede nessuno per fortuna si mise a strillare né al ladro, né ciàpelo al rosso. La milizia trascurò sul divano la coperta ben ripiegata, trascurò la finestra sul balcone, dai vetri incollati con la carta gommata e socchiusa alla meno peggio dall'innominato, tentò non poco invece con la vecchia, spaventandola un poco, cercando di usare bonomia sospettosa, per ingannarla e farla parlare senza volere e non la smosse il sospetto nemmeno quando con un ben inscenato teatro la vecchia, strascinandosi alla finestra, recitò nel migliore dialetto del teatro popolare, qui in traduzione approssimativa, *Oh vergine santa che freddo.... mica da dar aria alla stanza... in questa stagione so mica come salvarmi dal freddo stupida vecchia...* il freddo mi avete portato voi giovini, pausa con sorriso ammiccante al più truce dei bravi con mitra e giberne, *Eh la so che avete i bollenti spiriti voialtri ma io,* pausa pausa in cui chiude la finestra, *Oh che freddo che freddo,* cadenza d'inganno, *Siete mica capaci casomai voialtri di chiuderla bene che io guardate che mani che artrite per forza col freddo che c'è,* mostra gli arti superiori non poco deformati da un'artrosi, *Intanto che vi scaldo il caffè di ieri sera...* tutto surrogato mica pensare che ho le riserve segrete, ridacchia come a un ebete meglio non riuscirebbe, pausa, poi con tono materno al più giovane, *Magari avete fame anche voi,* pausa al più anziano in borghese, soprabito, guanti e cappello che alfine si leva, *Sempre in giro di notte a caccia eh,* sospira e pausa in cui con ostentata indifferenza al via vai di quelli che per abitudine cercano e ciacciano, mette su un fornello a spirito un pentolino di caffè avanzato, *Te' sarete stanchi anche voi.* Fosse l'inerzia meccanica del suo cervello bellico, fosse convinto della prossima débâcle forse che sì forse che no, fosse convinto della recita, il manipolo di bravi se ne uscì dopo un piccolo sorso, *Per gradire,* di caffè surrogato; chiedere scusa nemmeno parlarne ma ma ma dilemma decidere se fosse un'attrice da premio quella vecchia non protagonista o la più furba tra i furbi. C'era poco da perquisire e più di tutto li persuase le foto di un santino in divisa, prima guerra mondiale, negro ardito, appesa con sotto un lumino, *Mio marito*, pausa e bacio al santino, *Tutta la guerra si è fatto ché tanto era militare da prima... ardito ma ardito altro che... due ferite due medaglie e poi... e poi guarda te mi è morto di spagnola... però la pensione*. La vecchia così non fu arrestata.

Lontano ormai, già vedeva le guglie e le cupole dell'istituto di chimica all'università, l'innominato saltò su un tram solitario, affaticato fantasma di ferro ed indotti, che passava cauto, semi vuoto e lento andando dove mah – con tutte le linee saltate sotto le bombe –, doppiamente inatteso ma carico di provvidenza in quell'ora, e cippirimerlo. Per un po' trovò da nascondersi tra i cinesi, l'innominato non il tram, da loro che erano neutrali per forza di cose, poi da un ladro famoso che nessuno toccava perché a tutti comodo, un capobanda con una figlia magnifica e per tutt'altri versi intoccabile, infine da un ricettatore, ladro anche lui, falsario evaso da un campo di transito, un anarchico tisico, nome di battaglia romèo.

E come e quando piacque a un olimpo annoiato a banchetto, la guerra finì.

To-morrow, and to-morrow, and to-morrow

Non sappiamo non sappiamo non sapete che cosa... farabutti delinquenti... non sapete una cosa ... che vi ammazzo io porco e poi bon... carogne bastarde, seguono epiteti e bestemmie usuali che l'innominato strilla con la bocca impastata; *Ecco qua che cosa vi faccio sacranón del porco e poi bòn*[i]; si alza dalla scrivania l'innominato, afferra un vecchio registro, lì nel palazzo del governo provvisorio, ne sfida la resistenza, lo strappa in due, *Figli*, poi in quattro, *Di una*, e via che volano i fogli di carta velina, *Puttanissima eva*, per tutto l'ufficio in faccia ai due figli della detta. L'innominato, la sua rabbia è melodramma, disperazione e paradosso ma si capisce che le occhiate prima contrite, poi strafottenti di chi, un furto, sì insomma due, ma poca roba, e sa che se la caverà e alle domande non risponde, ci gira attorno vago, ammette e subito nega, facciano lievitare la furia che lo apparenta al proprio babbo in una giostra da cartone animato, in

---

i Dal francese *sacré nom*, sacranón ("o" chiusa, quasi "u"); in milanese, antica imprecazione e insulto, uè tì sacranón: ehi te porcone. [N.d.A.]

apparenza fin su per i muri dell'ufficio. Immaginarsi l'innominato che rincorre i due delinquenti, una centrifuga, che uno ne acchiappa, sbunf contro il muro, l'altro che tenta la fuga, ma inciampa, trapassa frantuma una vetrina, e, benché sia tagliato qua e là, non troppo, c'è un qualcuno, un allegrone che lo afferra, lo scuote come un tappeto, lo alza e lo lancia all'innominato; rugby integrale; per la verità nel non piccolo ufficio e anche fuori si è formato un divertito cortìglio, c'è chi incita e chi, nel soqquadro non riesce a non ridere di tutta quell'ira che trabocca dal vaso di necessità. *Uei uei uei non ci dobbiamo ammazzare tra noi compagno,* urla una voce più di tutte possente, ecco qui il gigogìn che ha già ordini d'ordine, che si fa largo tra la piccola folla, lui minuto e basso in una bella divisa, in compagnia di un altro, un armadio invece a due ante di forse due metri, macchinista in teatro nella vita civile, che blocca l'innominato come oplalà annodare al suo mantegno[i] una fune. L'innominato geme per i suoi due gomiti. I delinquenti, i due sacranóni, le carogne in essere sono due partigiani ariosi che si sono lasciati andare a tutto un piccolo entusiastico traffico di roba sciacallata ora in questa ora in quella casa, officina, bottega, ora qui ora lì dovunque ci fosse qualcosa salvato dai

---

i In teatro, robusti corrimano cui legare le funi che reggono gli elementi di scenografia al soffitto. [N.d.A.]

bombardamenti. *Tutto è bene quel che finisce bene*, conclude con la sua voce da basso gigogìn, *E dunque*, per più di una stagione è stato uno del consiglio dei dieci nel *marin faliéro* di delavigne, *E dunque... dunque... dunque,* crea la tensione indispensabile a placare l'auditorio e l'innominato che gli è in grado inferiore, *Che a sberle e schiaffoni questi due... vadano scortati strada strada a recuperare il maltolto... e dove possibile casa casa... porta porta a renderlo......* Vardé tuti giustizia xe fata dei traditòri, gigogìn gigioneggia, salamelecca nella sua bella lingua di gondolieri, trascinato all'istante dall'arte del suo mestiere. *La legge non è ancora legge,* continua a dire, *Ma lo sarà... la guerra è finita... la guerra continua in altro modo.* Risata.

Cronologia 1

1922 Nascita dell'Innominato
1926 Polmonite e lunga convalescenza nella materna città di mare.
1928-1931 Il babbo del babbo supera con abilità le secche delle ripetute crisi economiche. Benessere e quota 90[i]. il Bdb. salva tutti i suoi denari. Predile-

---
[i] La questione monetaria, ovvero economica, fu politica. Politica infine. Mussolini aveva assunto il potere con i concorso di diverse forze concorrenti, ma nel primo dopoguerra trasandato e travagliato più che sulle grandi ricchezze (FIAT) cui aveva assicurato

zione per le auto pubbliche e le carrozze in luogo dei tramway. Ciononostante avversione al regime e sua irrisione. In casa si spegne la radio quando trasmette i gioielli del suo ducèfalo littorio. O si ascolta Parigi.

1928-1939 L'Innominato legge tutto Salgari, Motti Luigi e Dumas, padre e figlio; i Miserabili, la Primula rossa, i Ragazzi della via Pál, Ghur di Kem. Rifiuta il dialetto di famiglia. Legge e studia di tutto. Si eserciterà sul Bertoni e Ugolini, *Prontuario di pronunzia e ortografia a cura dell'Ente Italiano per le Audizioni Radiofoniche*. EIAR ed.
Vacanze sistematiche nella mammesca città di mare. Scherno dei bambini indigeni che camminano sulle

---

ordine e disciplina sociale, la base del suo consenso poggiava sugli agrari e sulla piccola e media borghesia urbana. Già spaventata dai "rossi" e dall'esempio della Repubblica di Weimar, ora temeva per i propri risparmi, erosi dall'inflazione e minacciati dalle quote di cambio con le monete concorrenti, dollaro e sterlina. Mussolini sapeva che dalla stabilità protetta della Lira, dipendeva gran parte del suo futuro politico immediato. Così nel timore di un confronto con quelle, e contro il parere degli esperti, inventò il termine battaglia per la lira di cui il cambio più favorevole con la sterlina, quota 90, fu un cardine. Insieme furono attuate politiche devastanti sui salari e protezionistiche sui beni. In qualche modo, anche grazie a queste misure ingannevoli per la classe operaia, che però aderì o si adattò alle parole d'ordine di Mussolini in modo entusiastico, l'Italia subì poco dopo (1929) il colpo di Wall Street un pochino meglio di altre nazioni. Un successo effimero gonfiato dalla propaganda.

rive a piedi nudi e a merenda e colazione mangiano pane e salsiccia, qualcuno anche i crauti, lui pane burro e marmellata. Piedi nudi ahi. L'Innominato soffre
1930 Fermo con le mani. Non adesione all'Onb, Opera nazionale Balilla.

I cardellini mostrano il libretto blu di iscrizione alla detta, del tutto vuoto di dati e imprese personali. Rilegato di recente in tela rossa ecco il Bertoni e Ugolini, *Prontuario di pronunzia e ortografia.*

1936 Espulsione da tutte le scuole
1936-1940 Prime esperienze di lavoro e Istituto tedesco di cultura
1941 Chiamata alla armi, inabile ai servizi di guerra
1942 Gravi disturbi bronchiali
1943 Settembre, ammutinamento
1943 Ingresso nel partito clandestino[i]
1943-1945 Guerra partigiana, commissario politico e Gap[ii]
1945 Fine della guerra, aspersione urinaria sporadica sul corpo del duce di tutti gli imperi.

---

i Il Partito Comunista Italiano in clandestinità. [N.d.A.]
ii Gruppi di Azione Patriottica, afferenti al PCI con compiti di sabotaggio urbano, politica e giustizia nelle formazioni partigiane, e intelligence anche in coordinamento con gli Alleati. [N.d.A.]

Intermezzi

– Hé bien, en un mot la raison qui vous empêchera de venir en Italie.
– Mais, ma chère amie, c'est que je serai mort depuis plusieurs mois.

Marcel Proust *Le côté de Guermantes*

1. Si smarriscono tra le carte, incerti tra i ricordi e le fantasie dell'uno e dell'altra, tra le versioni della stessa narrazione, i particolari, le invenzioni. Ingordi sono ingordi di tempo, tuttavia non si capisce in virtù di quale stravaganza metabolica lei, che sta divorando senza posa tè a tazzate e biscotti ordinari spalmati di un burro giallo e morbido, non abbia qui e adesso l'ictus che è toccato a lui, che invece non ha finito di sorseggiare la prima, la sua sola tazzina di tè, la farà durare ore, sbocconcellando di malavoglia forse sei biscotti, idem. *Ho un ricambio ancora rapidissimo*, dice di sé l'anziana cardellina; risponde a una domanda non posta, un po' come farebbe un bambino/a... – uh per non peccare, (proprio, c'è un chierico pronto a comminare avemàrie), e non fare quindi differenze di genere occorre differenziarlo sempre; in ossequio alla neolingua inclusiva (omettiamo l'elenco delle minoranze pronte all'offesa n.d.a.) – ...bambina/o felici di avere un pubblico presente al teatrino di chissà quale sua in-

fantile prodezza o che tale da lui sia intesa, tutta contenta di quella ridondante e condivisa merenda e della propria fiducia nella parola ricambio. *Sa che cosa le dico*, se ne salta fuori il fratello al termine di un breve viaggio di pensieri la cui complessa piattezza rivela solo in parte con questa frase, *Secondo me il babbo quella notte discese in città perché gli scappava di trombare qualcuna, magari la russa*. La cardellina sorella si raddrizza puntuta su suoi magri ischi, colpita in viso all'improvviso da tanta sfolgorante sincerità, dacché siamo qui, intorno al tè, a sostenere un'impeccabile per quanto familiare tombola di buona educazione. Nuvola di cipria pubblica e fard, come uno di quegli affreschi di klimt, mirabili e ben recitati, la cui voluttà allegorica ne è però l'involucro prezioso, tanto quanto superfluo è l'autentico che vela e svela. Una madonna del parto in reggiseno e slip di pizzo nero con lacrime d'oro bizantino, blù cobalto e argento; i piedini in pantoufles di velluto bianco cadmio e verde veronese. Un martirio di san sebastiano nel XXI secolo, trafitto da mille frecce di cristallo. Ahi che arte. *No caro*, dice la maestra, *il babbo andava a lezioni di russo... era convinto che sarebbero arrivati a liberarci i russi per primi... se non altro per i cosacchi sa scappati qua giù coi tedeschi... per mille rivoli da montagne e pianure l'immenso fiume della...la la grande russia ha saldato per sempre un'unione indivisibile... di repubbliche libere... viva l'unica... e potente unione sovietica fondata dalla volontà dei popoli... aveva scritto e tradotto così nel suo diario... un bel taccuino verde di tela sa un po' scompagnato se le interessa... l'inno sovietico del '44... l'ho cantato anch'io nella tournée del '74... che dolore, guardando il fratello, Quel tuo stupido svalutare... lezioni di russo... ecco com'è andata.* Non riesce e non tenta nemmeno di trattenere le lacrime. Si scuserà.

2. La giornata che si è dissolta dolce dolce nel buio precoce dell'inverno è alla fine. Decliniamo l'invito a cena. Chiediamo invece di potere usare il bagno, dopo il tè tutti sappiamo come va. Non c'è la vena per saluti più complessi di un arrivederci a domani allora. Molto tempo dopo esserci avviati giù per la seconda rampa di scale, gli ascensori si sappia che detestiamo, sentiamo la porta sul pianerottolo che si chiude alle nostre spalle. Questo particolare ci rimane tanto impresso da doverne riferire. Gela fuori. Pizza, pizza, pizza.

3. È sconfortante. Dopo la cena, pizze due, passeggiata e, se non fosse troppo ardito dirlo, potremmo ricordare che, con l'ombra che di noi si appropria, ogni giorno si è perlomeno due, due inseparabili compagni di viaggio; da lì risalire al noi è facile e storna, dovrebbe stornare il legittimo sospetto di una qualsiasi sottintesa maestà nel plurale. Lungo la riva oscura delle acque cittadine la vastità del lago è accogliente; calcoliamo che potrebbe inghiottire la nostra e tante di quelle esistenze che una statistica dell'ecatombe sarebbe impossibile.

È sconfortante impantanarsi nell'eventualità di dover constatare quanto sia, com'è assai probabile, che le storie raccontate perdano il senso che si sono date o che loro abbiamo attribuito, nel tempo che intercorre tra il loro accadere e il loro riproporsi ma a parole a chi di quelle storie non abbia mai avuto, e come avrebbe potuto averla, la consapevolezza carnale che sono state empirìe, vissuti, sofferti e persino, non si creda sia un tórpido gioco verbale, persino soffritti. Orientato dal marketing e al mercanteggiare dalla pubblicità dell'oggi senza domani, dalla forma contemporanea di assolutismo, quello della propaganda egemone senza soggetto dominante se non la propaganda stessa; oggi niente stivali, basta trovare un argomento senza argomenti, qualsiasi cosa, un qualcuno qualunque, e dirne e ridirne, dibattersela, a non più finire, ore mesi anni, foto foto foto senza dar tregua con e senza acqua minerale, con e senza bikini, calzoncini, sandaletti e/o scarponcini e presto o tardi tutti al ritmo delle rotative del mercato, penseranno marceranno da oche senza un passo preciso, verso un dove si sa che è deciso, ma mangeranno tutte lo stesso pastone fino a deflagrazione del fegato, tanto c'è il trapianto ebbene, quale mai cruccio potrebbe darsi un lettore standard, ammesso che leggere sappia, di cose e di uomini sperduti *all'ombra dei cipressi o dentro l'urne*. È la domanda che ci questiona addolorata mentre dal poco distante circolo della vela arriva il rucucucucù chiassoso di un drappello attardato di commensali, determinati a finire la serata con qualche sommesso rutto sul valore del risotto rucucùcola e melagrana. Per quanto non si possa misurare con precisione la quantità di vissuto, cioè digerito e utilizzato, che si dà d'ogni atto, quanto si lascia in tavola sbocconcellato o mal masticato, ad alcuni appare in chiaro, ad altri lascia in bocca il disagio di una sottrazione o il desiderio di non si sa bene che cosa, di un cibo non ancora approntato, nemmeno inventato.

È sconfortante che ogni favola bella che ieri ci illuse che oggi ti illude, scrisse così un poeta, *to-morrow, and to-morrow, and to-morrow*, altro non sia che *a tale told by an idiot full of sound and fury signifying nothing*, capì con maggiore sensibilità il shakespeare. Macbeth V/V, 17-28, a tutti è noto. Seduti sul bordo di una giostra di automobiline, ferma e spenta nelle vicinanze dell'ultimo giorno dell'anno, troviamo più di un'analogia tra questo balocco meccanico e gli eventi che ci hanno raccontato oggi, e che domani o quando, termineranno. Il simbolo denuncia, rivela, sottende un'assenza, un vuoto; il vuoto è la forma del vaso, direbbe un proverbio; dunque simbolico parrebbe ogni trasferimento di eventi dal loro momento principale, quello di avvenire e smarrirsi all'orizzonte di una memoria, e quello secondario in cui sono riproposti all'ascolto ma, attenzione, per quanto possano esistere ascoltatori intenzionati a un ruolo partecipe dall'affetto di madri o amanti o vedove o vedovi, orfani o dalla curiosità di storici e perdigiorno, trasmesso una volta, due tre in più, tomorrow and to-morrow and to-morrow, andando stemperandosi il senso iniziale del racconto, è sconfortante pensare che esso perda la sua inerzia; esser di ciò quasi sicuri ci paralizza. Ricrearlo come e perché dovrebbe risultare possibile, con la finzione forse, è la nuova domanda che si interpone tra il gelo della notte fuori e quello del pensare dentro. Che raccontare non basti a dire, che dire non sia sufficiente, non riempia, non arrivi a colmare l'incredibile invaso di un'esistenza, a percorrerne la complicata e complessa rete di canali che lega insieme di ogni vita fatti e detti tra loro assai poco commensurabili, per natura e peso, eventualità, valore intrinseco e massa, con candida e funzionale indifferenza. Se osserviamo il gioco di spiriti bambini, neutro plurale, lungo un rivo, come ne raccolgano i sassi, come ne accumulino di gran lena, per una diga tra gli interstizi della quale, tra questa e quella pietra o ciottolo tuttavia l'acqua guizzi, e sgusci e passi e si divida in appresso non in uno ma in dieci, cento rivoli a valle, mentre si spande a monte e si fa lago, bello bello eppure per poco, deduciamo che nemmeno un accumulo imponente di sassi reggerà la forza dell'acqua che, è inevitabile, vorrà valicarli, smuoverne, trascinare i più leggeri e spostare con infaticabile cura quei più pesanti, finché di nuovo li disperderà, altri tra gli altri, sul fondo del proprio letto. To-morrow and to-morrow and to-morrow.

Così ci pare di avere ascoltato finora e riferito una fenomenologìa dell'eroe. Ma poi che cosa ci aspetta, che cosa aspetta ulisse in patria, *giunto al fin della licenza*, se non che gli tocca ancora e ancora ubbidire al suo fato. Riempire del suo lucido seme la ben tessuta vagina di penelope è un atto secondario alla strage, al vero scopo; ulisse non torna a casa per far pace con i suoi viaggi, mica può o non è più eroe. Per quanto lo possa affaticare, per quanto lo possa turbare, a ulisse è normale il conflitto, il campo di lotta, consona la sofferenza continua. Non può fare a meno della morte che gli bussa alle tempie ogni notte e gli mostra, simbolicamente, la spada che alle tempie o alla gola lo trafigge, l'abisso che lo inghiotte, l'onda che lo travolge, la circe che la fuga non gli perdona, dopo un anno di amori selvaggi, *ma ti lascio un figlio ancor.* Certo che si sveglia colto dallo spavento l'ulisse, a chi non succederebbe se ogni notte qualcuno non gli ricordasse che cosa deve accadere. Eppure vive l'ulisse benché debba morire. Al macello di ogni invasore, di ogni collaborazionista, al sangue e ai mastelli di liscivia per smacchiare i pavimenti, colmata la laguna muliebre non resta pertanto che seguire alla via così, dante l'ha capito benissimo, non resta che metter *l'ali al folle volo al fin che 'l mar sia sovra... lui... richiuso*[i].

A un cigno che a quell'ora di gelo insiste a cercare ma che cosa, un pezzo di pane o del suo cuore la bella, ed è sveglio, bah annunciamo, *Va' a dormire.*

---

i Parafrasi da Dante Alighieri, *Divina Commedia*, XXVI. [N.d.A.]

Esilio

There is a world elsewhere
William Shakespeare, *Coriolanus* a3/s3

They live in a dream, and we live in a nightmare.
Philip Roth, *The plot against America*

Then I woke up
Ethan e Joel Coen, *No Country for Old Men*

Oratorio ufficiale del partito

1. *Rose... oh reiner widerspruch... lust... niemandes schlaf... zu sein... unter... soviel lidern,* canticchia l'innominato a mezza voce in quei tempi di scarso successo per un lingua fattasi comando, kommando sonderkommando urlo ed abbaio, hundegebell hundegebell, contraddizione pura nata dal canto però, *Rosa,* traduce a sé stesso come gli piace fare, nella convinzione di esserne capace perché ha studiato lui, valanghe di vocabolari, nonostante le difficoltà, nonostante le espulsioni e le congiure dei colpevoli; lui ha studiato per prendere un diploma superiore anche se non del sospirato liceo classico, ragioneria fa lo stesso, in poche settimane, sessione speciale per ex combattenti, con deroga perché a regola lui che è stato espulso prima della quinta ginnasiale ha solo il diploma di quinta elementare; ma insomma; è andato in divisa agli esami di stato, al petto molto fiero, il tricolore, i segni della fame patita in guerra ancor più in vista, ma possiede una piccola biblioteca personale, 900 volumi, libri per ragazzi e di lenin e stalin, questioni del leninismo, di zola, d'annun-

zio, pietro silvio rivetta, che bella lingua il greco, e di trotzkij, storia della rivoluzione tomi tre. Agli esami ha fatto una gran figura, sa parlare, *Rosa*, traduce, *Contraddizione pura*... esita con grazia, *Gioia d'essere di*... esita ancora, *Nessuno il*... oh oh, *Sonno sotto così tante*... osserva del poeta il gioco tra canti, lieder, e, *Palpebre*. Resta l'interrogativo sul come mai la lingua del pensiero e dei poeti, e tanti, nemmeno volesse ripulirsela da quella troppa pulizia, abbia prestato la sua linda voce anche al latrato, alla raucedine di un così gran numero di carogne e in una volta sola. Carogne carogne, così fan tutti, s'è visto. Canto è esserci o farci, avere a che farci, si chiederebbe lo spirito sarcastico che lui non ha.

L'innominato pensa che farsi epitaffio di sé è il massimo che un uomo possa desiderare. La lirica del rilke riluce e gli è rimasta cara a dispetto di tutti questi anni di sieg heil, a dispetto dei kamerata richard, dei diecimille mille milioni e quanti cadaveri; a dispetto di tutti su tutto, l'immagine della pietra tombale del poeta, de il poeta, pietra che non ha visto e che vorrebbe tanto andare a vedere – non ha certo i soldi adesso e non esistono o quasi ferrovie per arrivare lì lì tra le valli del chantun vallais –. *Gli uomini preferiscono le tombe* e non si sa perché; forse perché al contrario degli specchi, le tombe non spediscono nessuna alice in un mondo insensato e grammatico, ma s'aprono a quel che a noi pare il definitivo nonsense, sul bordo del quale sono poste a guardia e suggello d'un invalicabile di là, senza le opportune chiavi; restando vivi beninteso. Anche dante è andato di sotto ma come avrà fatto a trovare la porta senza rimanere schiacciato da un trave è una bella domanda. L'innominato si bea della ricchezza, per lui, di questi pensieri, avanza nella notte blu come ha imparato in luoghi ben più impervi delle stradette di una città fondata sulle proprie rovine, fatta reliquia dinamica, archeologia vivente dai bómbaràboùm cui è stata forzata; i buchi piccini nei muri, più radi men radi, qua e là strada strada, ricordano dove qualcuno, qualcuni talvolta, sono stati ammazzati; più tardi nel tempo una stele, una targa ricordo, farà dei morti ammazzati, vocabolario; l'innominato anche lui, resa dei conti, avrebbe potuto lasciare dei buchi in un muro anche lui alle spalle; dire che si vede ancora la macchia del sangue sui marciapiedi è una balla, fa presto una pioggia, ma chi sa queste cose le conserva, un film o molti piuttosto; la vita *un paradiso di bugie*, canterà una canzone, una cineteca di reliquie, bugie e reliquie hanno un che di comune in comune. Cammina cammina l'innominato. Lavora in centro città, braccio destro del padre, e lavorare sta più che altro nel rimettersi in piedi dopo che dal magazzino che possedeva, al babbo del babbo hanno rubato quasi tutto l'ottone, la lamiera, l'alluminio non ne parliamo, il rame che gli serviva e gli sarebbe servito e che aveva nascosto prima di sfollare fuori città, su in un paesetto tra i monti, con un bel po' di risparmi, la bionda moglie e la figlia – che ha già, non lo sa, un accenno di cancro – e e e, tutto con sé, quello che si può, il resto in oro, monete tutto nascosto – stiamo raccontando di solidi e svelti borghesi –. È così da quando il babbo del babbo ebbe anni e anni addietro il fiuto di levarli tutti i suoi soldi – alle sette e mezza puntuale un mattino – dalla banca che alle quattro del pomeriggio sarebbe fallita, ma nemmeno, chiusa per sempre, i proprietari firulì firulà col bottino. Entra ed esce l'innominato dall'una e nell'altra chiazza di luce che, due no e uno sì, i lampioni s'ingegnano a diffondere in strada; la rete elettrica ha molte difficoltà a funzionare alla perfezione così come qualche anno più tardi vorranno *les bourgeois, les bourgeois, c'est comme les cochons plus ça devient vieux plus ça devient bête les bourgeois, c'est comme les cochons plus ça devient vieux, plus ça devient... rien.* L'innominato non ha più paura del babàu, anzi, sa come usarlo o almeno evitarlo e in quella notte va dritto all'appuntamento che potrebbe costituire di nuovo un destino, oh lo sa bene come funziona il partito, una banda altro che. Di periferia. Con il suo capocellula, nom de guerre butterfly, comprimario all'opera, *le donne magre son grattacapi e spesso sopraccapi*[i], allegra comare o all'occorrenza ingriffato assassino, secondo il copione comune ad ogni sistema monocolo pronto a farti morire, se vuole, per un sì o per un no, canta il levi, quel primo. *Il pomeriggio conosce cose che il mattino nemmeno sospettava*, rivela un proverbio svedese, è così.

Dal taccuino di tela verde

Trascrizione a memoria del colloquio telefonico tra me il Butterfly prima dell'incontro d... (una macchia d'inchiostro sulla data n.d.r.). BTF: *Ho bisogno di parlarti*, IO: *Lo so perché hai bisogno di parlarmi, allora dimmi*; BTF: *allora ci vediamo in piazzale (...) verso le nove se va bene;* IO: *Mi va bene ma so che verrai armato dunque ti conviene ragionare che anch'io ho la mia rataplàn tamburi io sento.* BTF: *Ma va' pirla cosa racconti;* IO: *La verità... è questo che al partito non garba di me... trotzkista intollerabile, un anarchico, un borghese, magari un fascista per il partito... se dobbiamo farla finita d'accordo a revolverate;* (effetto coperchio di pianoforte che crolla); *Lo sai madama Butterfly che non sono... sparare non piace non piace sparar... magari*

---

[i] G. Puccini, *Bohème*, A1/S1. [N.d.A.]

però un po' per celia un po' per non morire[i].

2. E rimembrando il tono della conversazione al telefono, le liti imbriache in cellula, la deriva del proprio pensiero su posizioni al di là, al di là del sistema partito, a oltranza ribelle ai bagnomaria di interessi, alle tolleranze pelose che inzigavano il reintegro dei poliziotti fascisti; per fondare uno stato moderno c'è infatti subito bisogno di qualcuno da amnistiare, ché bastoni, qualcuno da benedire, ché faccia la faccia feroce della democrazia, cui perdonare, ché spari se serve; tutte le belle manfrine sotto sotto per farsi potere nel potere borghese che sognarsi di scalzare va bene, rimandare di farlo è meglio. Ecco che l'innominato si ritrova a cacciare la 27CZ dalle tasche; *Lust, niemandes schlaf zu sein unter soviel lidern*, bisbigliano le sue labbra all'uno e all'altro orecchio. Non sta bene presentarsi con l'arma già in mano a un incontro tra pari, al contrario, ma la guerra ha reso comune la necessità e il gusto di portarle finché finché finché; ci sono sempre cani e fantasmi da scacciare. La situazione consiste di questa consistenza; da una strada privata lì accanto, in fondo alla quale un albergaccio, già noto per losco, tut-

---

i Parafrasi da G. Donizetti, *Don Pasquale*, A1/S3 e G. Puccini, *Madama Butterfly*, A2/P1. [N.d.A.]

to buchi come la faccia di un vaiolo gigante ma con le quattro finestre intatte al secondo, i vetri persino, dal buio butterfly vola fuori; l'innominato non lo vede subito, ne sente il fischio, non si volta, si spalla al recinto di un orto ed eccoli due uomini di non tanti anni ma con l'aria invecchiata che si vedrà nei film di lì a poco quando attori, stars del cinema di età davvero maggiori, si ritroveranno nel ruolo di giovanotti in armi di nemmeno trent'anni; si incontrano i due e non è così ostile il saluto.

Dal taccuino di tela verde

Parole di Butterfly. Trascrizione fedele come si può.
BTF: *Uèla... se ti volevo sparare lo facevo alle spalle... mica ti lasciavo voltare... dai. Insomma sai com'è... non è che al partito stai sulle balle tu di persona... gli hai fatto un lavoro con quei tuoi discorsi... grande... tutti pensano che se tu fossi... se tu ragionassi mica tanto... le elezioni... non queste le prossime... ogni cosa al suo tempo... dritto in parlamento... e faresti sono sicuro... deputato coi fiocchi... ecco... ma... il tuo discorso... questioni del leninismo... bellissimo... gran pensiero... il compagno L* (macchia d'inchiostro, forse per Longo[i] n.d.r.) *lo ha detto... ma.*

---
[i] Luigi Longo, nel partito comunista dal 1921, combattente delle brigate internazionali in Spagna, comandante delle Brigate parti-

3. L'innominato si sente già dibattere in un dibattito che non è andato lì a cercare e del quale paventa l'inutilità; la sua linea la sta rintracciando, va lontana, è convinto che l'inerzia della guerra, quasi senza un ostacolo, può far scivolare una nazione ridotta da stivale imperiale a formaggella tonda dal puzzo interno lordo a qualsiasi stivale, scarpone, espadrillo, sull'onda di una rivoluzione; rivoluzione che il paese, avuto non ha e che invece; ahi ahi ahi; è convinto l'innominato che tutti i grandi paesi hanno fatto la loro, solo il belpaese l'ha evitata per ospitare però le liti di tutti per tutto; giannaschìcchera; è pur vero che lo assale una noia, una noia di pancia, un disagio; non crede finita la sua missione politica anche se al parlamento non ci pensa proprio, stile cincinnato, ci crede già poco in quello spettacolo di democrazia che stanno giocando, non gli interessa e d'altro canto ha reso con altezzoso riserbo la medaglia d'argento che gli hanno, come dire, comminato; non che non sia grato ma ritiene che affibbiare medaglie sia il gesto di un mondo ribollito, come quel tale, nemmeno visto in faccia, che gli passò un fiasco di vino da sotto un bandone nei giorni d'aprile dell'insurrezione, loro, i banditen a sparare a un nidìno di crucchi in cima a una torre delle ferrovie, da

---

giane Garibaldi, Bronze Star americana, vice di Togliatti nel dopoguerra e segretario generale di Partito dal 1962 al 1974. [N.d.A.]

morirne, testardi alemanni non fosse stato per uno di loro con un pus dagli orecchi, a cucchiai, sul ponte sventola bandiera bianca; in quell'occasione l'innominato si prese il suo gusto, vendetta, pulì gli orecchi al poveretto, un lavoro, cotone e alcool puro, mica altro del resto era l'unica disinfettare, poi sgorgato il condotto giù alcool a garguglie nell'uditivo, vendetta, urla che urla il malato, poi un impacco, cerotto e vielen dank, è la resa, gott sei dank; e quello col fiasco che tira su la sua clèr quando poi passano con i prigionieri e passa lui il fiasco da sotto, forse aveva uno spioncino apri e chiudi per guardare di fuori, e dice, *Aspettate... ecco alla salute... dov'è che li portate... ho un salame... tenete... lasciateli a me quei maiali so cosa farne; Ma va' a da' via dà qui da mangiare;* il vino e il salame furono dunque nel giusto con gusto divisi tra vinti e vittori. La fame è un regolo calcolatore, ricorda l'innominato. Quel tal cincinnato che salvò la repubblica romana e che poi, è la leggenda, se ne tornò ai cavoli, alle sue rape, ne aveva appetito. Certo si tiene a una certa altezza quanto a paragoni esistenziali. *Butterfly* è una brava persona, non che sia l'unico, non proprio un uomo di acciaio, un impasto di materia carnale e di legno, un pinocchio redento, un fedele elefante, oculato fattore di progetti altrui, e poi è un tenore si sa, mica pretendere, farà carriera nel partito, crede l'innominato, farà carriera perché fa domande la cui eco è già una risposta, e all'occasione persino richiede per sé, *con juicio*[i], ma certo è capace, senza chiedere troppo. Infatti avrà il suo tornaconto, un domani, di cariche vantaggi e prebende grazie alle quali distribuire vantaggi e prebende; avrà anche un'amante fissa, una ballerina che già, oh signùr, gli agita il petto, per certo, manca poco, diventerà étoile e questo darà di certo prestigio al maschio che la cavalcherà. Au galop.

Dal taccuino di tela verde

Titolo (si può scorciare) Sigarette sigarette sigarette. NOTA: sembrava aiutassero a pensare, ieri le fumavamo per non pensare a mangiare. Dialogo immaginario in un atto tra me e Butterfly. SCENA PRIMA. Una strada, non troppo realistica. Sullo sfondo si riconosce il portone dell'Aeronautica. Alcuni alberi simbolici tutti decapitati, si sa che la popolazione li taglia per riscaldarsi. Un lampione dietro e uno in ribalta danno tutta la luce che serve. ME: *Sì... ma certo sto studiando... Storia della rivoluzione d'ottobre... vabbè... ma tutto sistema... poi mi interessa la scienza... psicoanalisi.* BTF: *Sei tu quello che stu-*

---

i Cfr. A. Manzoni, *I promessi sposi*, cap. XIII. [N.d.A.]

dia... fai bene. ME: Guarda te dove viviamo... nel fumo... isolati da quanto abbiamo fatto... tempo rubato con l'aggravante della destrezza... Butterfly... gli anni delle caverne... chiusi dentro a guardare tutti lo stesso film sempre lo stesso doppiato così bene da sembrare l'originale l'unico... fumo... ascolta la scienza c'è uno... Adler si chiama. BTF: Ma al partito cosa interessa... buono sarà buono. ME: Oh insomma uno che prova a mettere insieme sociale e individuale... dice che non ha senso osservare un essere umano isolato dal suo contesto sociale o qualcosa così io non sono bravo a citare a memoria. BTF: Mi ricorda qualcosa tipo... Le Sorelle Materassi... le zie sceme il nipote mascalzone l'amore redime e lieto fine... molto lontano dai problemi di un battirame. ME: Il giardino dei ciliegi vuoi dire... da un punto di vista... qualsiasi punto di vista... Čechov distrugge l'anima borghese... più con la critica... lontana dai battirame... questo è impeccabile... situato fuori di essa, diciamo per capirci di qua dal microscopio del medico Čechov... la faccenda è antropologica. BTF: Ma non in un ambito rivoluzionario... la gente non lotta. ME: non la spingi a battersi per dividersi la miseria... a ciascuno la sua secondo misura macché... ma per arraffare quanta più ricchezza possibile... perché un proletario dovrebbe avere desideri diversi da un industriale capitalista... antropologia... macché... Marx Lenin idealismo cara el mé fly bitter fly butter... c'è sempre un quai gusto per l'omicidio... il partito confonde a suo gusto classe borghese con orizzonte miope astigmatico che è di qualunque società in generale... si fa dell'antropologia riduttiva... l'uomo d'acciaio ma dai. BTF: È per questo che ti poni... pericolosamente... fuori dal partito... un passo avanti e uno indietro... sono cose che vanno capite... che il partito va pensato come un organismo biologico... dunque ha un pensiero ordinato a essere rivoluzionario per forza di cose... perché gli organismi tendono per forza di cose alla rivoluzione o c'è stagnazione... tu... ti comporti da intellettuale... ti poni fuori dalle classi... Čechov... a riflettere... ma sei un borghese anche tu o non sei... stagni ché in fondo sei come quelli che la lotta la pensano per il bene delle masse non dall'interno delle masse. ME: Oh certo credere che un battirame abbia orizzonti chissà quali... ma negagli il desiderio di appartenere a una classe che egli a torto o ragione ritiene superiore... la borghesia è un traguardo allettante tutto lì... un giorno la gente vorrà un'auto tutta per sé... la casa... che ne so... dove e quando non c'è niente c'è bisogno e posto per tutto... adesso è già tanto un lavoro... dagli tempo non vorranno le condizioni di lavoro il contratto il conciòsiacosache pane e libertà... sì adesso certo gli scioperi regime caduto un successo... adesso avanti... rivoluzione figli ragionieri o tutti dottori... meglio di loro per loro assicurarsi la vecchiaia attraverso i figli altro che... che male c'è... mica sono nemici del popolo... sono... il popolo... si dicono certe cose di Stalin. BTF:

Attento non sbrodolare è per questo che ti poni fuori dal partito... invece lo spirito pratico americano... il compagno Stalin ha detto c'è quasi più affinità tra noi e un banchiere americano... non che tu non sei utile al partito ma le condizioni. ME: *Nessuna condizione farfallino... non conosco banchieri americani... il partito va al passo... quale eccolo qua... spirito borghese che poi a voler guardare è quello della piccola borghesia... tutto piccolo si arriva prima... ma è un modo per dire ottuso codino bigotto... filistèo... miope scarso stupido... ma tutto questo è trasversale alle classi santo cielo... gli va appunto per traverso... prendi Čechov... Lenin a Lunačarskij... grandi lodi ma quei due erano dei borghesi... fior di liceali è Čechov lui un vero proletario... forse meno... venuto su a bastonate... il nonno era un servo della gleba... lo sai questo... il partito lo sa questo domando... l'umanità non è una questione sindacale ma di umani... ti conosco filistèo... e... girano di quelle storie su Stalin... sìsìsì shhhstalin...andare al passo non mi è mai piaciuto e pare che sia la strategia di ogni grande movimento di massa... fare andare tutti al passo... passo passo... passìn passìno... purché pàssino.* BTF: *Gira e rigira biondina... meno cicaleccio politico... più attenzione ai fatti più semplici... Stalin guida... fatti semplici to' questioni del leninismo pagina 90... ma è Lenin che parla... non ricordo dove stia l'originale.* ME: *Non conosco banchieri americani ma se è quello che volete capisci dove state andando al passo di* questo passo... la rivoluzione dall'interno balle... nessun potere... di nessun tipo ecco la rivoluzione. BTF: Beh si è visto... anarchia anarchia per piccina che tu sia tu sei sempre una follia io ti ho difeso... sappilo... non ti faranno niente... la pistola mica era per te girano di quei topi la sera... sai camicia nera irredenti... sei il primo oratore e non fa comodo a nessuno... darti fastidio... capiamo bene noi... tu... non possiamo permetterci. ME: Il partito vuol essere il pensiero del popolo ... ma il popolo conosce bene da sé la parte grassa del prosciutto... mangiare tutto... guarda la Francia... se non gli davano lo spettacolo della ghigliottina... mica li tenevano a bada... il terrore è funzionale a cosa... dicono di quelle su Stalin caro mio... a mantenersi il potere... giro gir'ondino... borghese... ti saluto eguaglianza... prosciutti... almeno in effige... viva Bonaparte... mettere le cose al loro posto... a ciascuno il suo che ha... mica dividere... e tutti giù per terra al circo della guerra... distrazioni. BTF: Al partito serve il rispetto che incute... il potere è questione di poter potere. ME: Quello che conta è altro... prendete appunti compagni non è sinonimo di intelligenza... né di intuito della realtà... metodo forse... le teorie hanno questo di buono che immaginano... il sol dell'avvenire... osservassero il presente... le cose come stanno non stanno e come starebbero... vuoi tu battirame accontentarti... sì adesso e domani la villa del padrone... do fuoco a un bosco a una pineta così ci passo con la macchina col camion col trattore... mio *tutto mio.* BTF: *Dialettica... opinioni punti di vista pensieri... il dibattito si ferma dove arriva.* ME: *Alle porte del pensiero sì... volete risposte... il partito è diventato... macché è nato monocolo... i ciclopi dopotutto non andavano alla caverna della cultura ma... risposte le ha e le dà la chiesa.* RIDACCHIO. *Chissà che un giorno non vi intendiate con i preti oltre che con i banchieri americani.* QUI LUNGA TIRATA DI SIGARETTA, FINO ALLA FINE, MOZZICONI CHE SCHIZZANO PER TERRA, MONOCOLI DI BRAGIA E MUOIONO. BTF: *Restituisci la tessera da te e finisce così... peccato... sei sempre un compagno però... un compagno che sbaglia... caso mai avessi bisogno... vedi tu.* ME: *Non la rendo è storia che mi appartiene... ma sparisco tranquillo... non ci fosse stata la guerra eravamo qua a parlare di Mussolini come di un vecchio compagno che sbaglia... guarda Franco lo avete installato... mica lo scalza nessuno... cent'anni... prosciutto e libertà... quanti anarchici ha fatto fuori il partito in Catalogna più di Franco... mica lo sai né Butterfly... quando hai tempo contali.* CALA LA TELA. *Simbolo di assenza come è proprio dei simboli o di presenze ancora da digerire, Freud. Un lungo silenzio.*

Del resto ecco qua,
   nel più concertato dei concertati,
   prendiamo ROSSINI,

a un certo punto tutti zitti e beati
e nessuno che s'immagìni
com'è che anderà,
e da capo ROSSINI.

Perché pochi capiscono che, a dispetto della volontà, non è più il vocabolario quello che può fornire strumenti al senso, al contrario??? Allora SIPARIO. SCENA SECONDA. FINALE (?). Realtà, la realtà prima o poi arriva. I due siamo entrati al caffè-pasticceria Montesanto — cammina cammina — che come può ha riaperto i battenti. Carenza di zucchero. Due babà serviti con un bicchierino a parte pieno di un liquore che sa quasi di rhum. Mangiamo solo con degli uhm da morfinomani. Altri due. Altri due. Altri due. Poi si chiude. Si paga. Usciamo, il pasticcere abbassa la saracinesca, eccolo il sipario. È tardi. Domani si alziamo tutti presto: *Ciao, ciao tenore*. Lui mi fa e per fortuna, gli piace ridere/sfottere e lo fa di gusto:'*Scolta non è che per caso sei un poco fuori di zucca*. Risate. Ampio giro sui passi di ciascuno i suoi. Credo di avere valicato un ponte molto più che sospeso e anzi ho tagliato il ponte alle mie spalle, come Kutuzof — o chi era? — ai suoi russi per non farli arretrare davanti a Bonaparte. — O mi confondo? — In tasca la pistola mi pesa. Ora di portarla a casa e di lasciarcela. Non si sa mai però.

Identità

Sarà così, in una preziosa scatola di biscotti ricoperta di raso rosa. *Rose oh reiner widerspruch lust niemandes schlaf zu sein unter soviel lidern...* ah c'è da dire che il babbo, interviene come per caso il fratello, che, lui pure, è stato più muto che zitto e finora si è arrotolato e srotolato nella poltroncina con l'atteggiamento di chi a star seduto, sia in preda all'accoppiamento con un malessere proprio, una protrusione discale, un'ernia inguinale, magari una smania degli ossi o un'altra più sentimentale, una sorta di voluttà della carne, ammorbidita dal grasso, ad assopirsi più che a godere sotto il peso che le pesa e che abbia voglia alla lunga di sciogliersi da quel patologico abbraccio. *C'è da dire*, proseguirà dopo avere sorseggiato, non si vergogna né si trattiene abbiamo notato, dal fare ciò che in tutti i bambini è inculcato tabù, un tempo almeno, sciuuucciare quel minimo di tè che sciuccia, *C'è eh da dire... un romanzo l'incontro del babbo con mamma.* Dunque la mamma, adesso si chiama mamma non più maman, si è introdotta nella vita dei cardellini fin dall'origini, da prima che loro nascessero, ovvio in sostanza, per poi sparire di quinta, ad aiutare ad abbottonare i costumi, preparare la scena seguente, sartoria, trucco e parrucco, macchinària, elettricista cioè, dietro il teatrino del mattatore, del primo e soverchio e povero attore di quella compagnia familiare che di piccoli prepotenti bambi si sarebbe arricchita e allora giù in buca lei a suggerire le parti e a morirci; e la compagnia se ne accorge il giorno dopo che dalla buca la sera prima lei non è uscita, tanto sono abituati ad aspettarne la parola giusta e a pretenderla con un'occhiata di sfuggita magari feroce, a non vederla la souffleuse. Successe così, prosegue il figlio incoraggiato dai pensieri che appaiono e scompaiono sul nostro volto esortativo, *Lui... il babbo era al municipio e lei anche... a fare... la carta d'identità lei che l'identità aveva di carta... da raccontare eh... lei davanti in coda allo sportello che non riesce a spiegare... non parla né acca né cacca strafugna e traduce e sempre avioni nel cielo per aeroplani e aresche per lische... nei pesci... atansiône alle arèsche... si tenga forte sa con cosa versava il brodo con... la lósca... louche è il ramaiolo... il resto gesti che gli allora impiegati della città abituati più al dialetto che al linguaggio non verbale fanno fatica a trovare e nessuno sforzo per metterne in atto la ricerca nel loro schedario mentale... così che il babbo le fa da interprete... maniaco delle lingue il babbo... e delle femmine... guardi lì nella libreria tutti i suoi manuali... non di femmine... così intonsi alcuni a distanza di anni... li apriva con cautela i libri per non squadernarli... pieni di note... un sillabario di esclamativi semplici doppi e tripli... le mostro... e di nota bene e di sic tutti elevati alle varie potenze degli esclamativi... qualcuno... guardi guardi... parliamo sloveno parliamo croato esperanto internacia lingvo... che bella lingua il greco... il castigliano... un campionario... dicevo che in comune quel giorno si dà da fare il babbo con la bella straniera... chissà chi lo sa se è stata dimenticata la treccia nera di qualche anno indietro... vedremo... in quel momento magari sì un po'... era convinto di parlare ottimamente... una fede nella grammatica e nel vocabolario il babbo... convinto di avere una buona idea delle cose per averne letto... o anche studiate sì con impegno... la mancanza di scuole... non privo di umorismo... sono un dilettante perché lo studio mi diletta diceva di sé... in definitiva la grammatica era il suo forte... per la giovane che pare bella agli occhi suoi... di sé diceva essere portatrice del famoso vitìno di vespa... guardi qui questa foto coeva al vitìno... voilà che le vespe non hanno grasse come sono... un presagio degli anni a venire... voilà vent'anni dopo madame porthos... prima dell'infarto... insomma lei ringrazia il bell'interprete e tanti saluti... lui insiste per accompagnarla un tratto così riesce a farle confessare che abita in via... un canale coperto e quindi bella lunga... sicché lui i giorni appresso passerà in rivista* tutte le portinerie di tutte le case ancora in piedi presentandosi con il tesserino di partigiano... qualcosa di più credo... era capitano... riconosciuto il grado di sergente maggiore dell'esercito repubblicano poi dopo... riceveva anche un po' di pensione... qualche spicciolo di mancia finché riuscirà a capire che è al civico undici la ragazza... abita presso un sarto... mai saputo mai capito perché... dovevo fare l'investigatore in un'altra vita il babbo ce lo diceva per ridere... lui indagava scrutava tutto scrutava tutti interrogava anche me... nessun imbarazzo a chiedermi quante seghe mi facevo a 15 anni... quante non quando... capisce le mie carte erano propriamente impiastricciate invece che sudate... oh lui non tollerava che andassi male a scuola... mai... ceffoni... una volta mi prese per il bavero mi attaccò al muro con una mano e con l'altra rataplàn tamburi io sento... la sua minaccia era di ridurmi in due come l'elenco telefonico che strappava... come facesse mistero... l'ira era un suo vezzo la rabbia una compagna di classe... vi ammazzo io delinquenti... lei la mia sorellina sempre inappuntabile invece... la consolazione del suo babbo shhh... ah ah investi ga tòre... lo sbirro anarchico... ah ah. La cardellina sorella ha ascoltato e ascolta senza un sussulto, un segnale di emozione, quasi sia proprio questa assenza di reazioni il suo disappunto. Il fratello tira avanti, Ma la costa piratesca di quell'incontro fatale è nel fatto che lei la ragazza lavora per gli inglesi... interprete di non si sa *che dal momento che non parla nulla che possa servire agli inglesi... è fidanzata a un ufficiale aviatore... fidanzata fidanzata... lui è ancora in servizio ma è partito per la sua isola a fare le carte per il matrimonio... darne la lieta novella alla famiglia... una famigliona deedle doodle dandy molto imparentata con tutti i pari di bretagna... newton e qualcosa... due fratelli uno enfisematoso causa una boccata di iprite nel '17 e che nel '40 a quarant'anni... giù a scavare carbone in miniera per lo sforzo bellico... c'è una foto guardi... questo è lui il primo rebecco.* Voilà la foto di un uomo che anche in bianco e nero è rubizzo, biondo di sicuro, capelli al vento, abiti borghesi, cravatta grigia, bianca la camicia, c'è della ghiaia ai suoi piedi, scarpe lucidissime, un muro bianco alle spalle, una finestra aperta in stile cottage e dunque è possibile che si trovi in qualche campagna; sorride di gusto a chi gli sta scattando la foto; in piedi di fianco a lui una bimba con un'enorme massa di capelli ricci, l'avesse conosciuta virginia woolf non avrebbe buttato sott'acqua la propria di testa piena di sassi; in braccio al giovanotto rubizzo un bimbetto che all'ultimo istante ha nascosto il viso, è mosso nella foto, sulla spalla dell'adulto, lo zio, capiamo dalla dedica scritta per traverso, in francese, traduciamo, *1938 io con i miei due nipoti a ****, insomma il ragazzo presenta i suoi geni alla promessa. *La sorella; diteggia in volo sui cioccolati-*

ni, ne sceglie un altro, lo porta alle labbra, ne stacca con i denti un pezzettino, mastica quel nonnulla con un visino appuntito, striminzito; ci pare di cogliere un disagio nel gesto adesso o è solo un'ombra che siamo noi a proiettarle sul naso. Il fratello prosegue, *Poi i due si inseguiranno... marceranno di pari passo... lei scriverà all'aviatore promesso che non se la sente più di sposarlo... fuggirà col babbo in linguadoca... il partigiano... dalla famiglia di lei... zii... la mamma era già orfana... contadini arricchiti quelli a furia di coltivare prugne... e a cagarne per tutte le campagne immagino ah aha... che lo accoglie di buon grado proprio per questo motivo... maquis maquisard... c'è ancora del risentimento per la pugnalata fascista alle spalle alpine del 1940... storia storiae... poi i due... via nella città lucente... una ragazza che osa e un ragazzo che alla fine se la sposa... soli... lui comprerà stampine che definiva cochonnes... maiale... e qualche giornalino pornoromanzato... l'ho trovai da ragazzo... eh in fondo a una cartelletta di vecchie fatture... donne monumentali... quasi tutte con la cellulite... necrofilìa... ma per un po' mi hanno fatto il loro effetto... ah ha.* La sorella. Fa seguire al cioccolatino una lunga sorsata di té e se ne serve ancora, il visino appuntito e striminzito non la abbandona. Il fratello vola da solo sull'onda perfetta, *Uno zio di lei regalò loro una dote... la mamma di suo non aveva nulla a parte qualche vestito passatole da una sorella che aveva spo-*

sato bene... un avvocato... una storia avvincente che non c'entra con il babbo... in piena guerra i nonni... morirono giovani appunto... crepacuore si diceva una per l'altro... mai visti noi... decisero di tornare da... al paese della giovinezza giovinezza primamerda di se stessa là dove il nonno aveva combattuto la duplice monarchia e duplice alleanza... risultato chiacchiere pacche sulle spalle camerata e lavoro nix... risparmi mangiati in un bouff... fino alla carità offerta dal locale reggimento alpini che distribuiva pasti caldi ai poveri... sette figlie... i contadini si sa che non badavano a risparmi genetici pur di aver braccia da lavoro a discapito delle bocche da affamare... dunque di sette sorelle tre almeno arruolate nella sanità del reich per virtù dei loro capelli biondi e della gradita parlata franca... in terra d'occupazione... due sposate in terra di vichy... un'altra quella dell'avvocato sposata sotto la linea siegfried... nonni morti e mamma errabonda... mai capito come e perché... del resto nostra madre di quello che le accadde prima di una certa età smarrì presto a parte la memoria il senso... la direzione intendo... per sposare senza deviazioni quella del babbo... il babbo si può ben dire era tutta la sua vita... sovrapponibile... non ne volle mai parlare di quello che era prima di diventare la sua copia conforme... del babbo... non tanto calda... a letto diciamo qui nella sintesi che il babbo fece a me con una franchezza che allora mi disturbò... sempre lì a difendere la mamma io... ci prendemmo a botte sa una volta io e lui ma questo c'entra poco con il nostro tè e io avevo già 20 anni... bah... il babbo ebbe sempre problemi con le donne... non se le faceva bastare mai... non tollerava che si innamorassero di lui... sa pretendere... a suo modo era fedele alla mamma a parte la faccenda della treccia nera... lui... teorizzava l'harem... era imbottito in quegli anni post bellici di libero pensiero più che di pensiero libero e di psicoanalisi... di freud gli piaceva favoleggiare che avesse per amante la cognata... l'agognata era questo che lo intrigava di più... il personaggio lettereccio... l'amante di jung... balle e caballe... insomma di ognuno la dottrina trovava la rima con vagina... frequentava i medici... i suoi amici lo erano tutti in molti così aveva chissà la sensazione di vivere in reparto... perché si era sempre sentito orbato di una cattedra più che di una laurea in psichiatria... dopo due anni di una specie di università tecnica svizzera per... per corrispondenza che non riuscì a finire... un'altra cosa però... arrivarono noi... i bambini... noi e addio sogni... ma era noto a tutti come il professore... professore anche sulla porta di casa... è millantato credito ma ne aveva il tono... su tutto teorizzava... con qualche ragione... sapeva un sacco di cose e aveva una bella sintesi... i legami più che altro di tutto di tutto con tutto... gran parlatore... oratore avrebbe scritto un libro se mai lo avesse cominciato... sul suo comodino guardi il suo quaderno di appunti e ritagli... come ha decifrato il diario magari ci capisce dia un'occhiata maga-

ri... per il libro che avrebbe fatto piazza pulita di storia politica filosofia e teorizzazione economica... ma ci voleva bene ed è tutto qui. La sorella; benché seduta, ci fa pensare adesso che sarebbe stata adatta alla danza classica, più che al canto, così bene accomodata da sembrare in quinta anche da seduta, con un altro cioccolatino tra le tre dita principesse della mano destra, quasi fosse per natura alla sbarra a controllarsi nello specchio. Ci siamo scordati, noi, di precisare che i cioccolatini sono del tipo fresco di fabbrica, comprati a sacchi da chilo e oltre, niente scatole, niente stagnola colorata. Cioccolata e basta.

Christian

Vestito della sua bella divisa di ufficiale si presentò un giorno al nostro consolato e chiese di rendersi utile, un tale. Lo chiameremo Christian d'ora in avanti. Volontario. Trattandosi di un cittadino neutrale, che voleva entrare in guerra, la questione enunciava un paradosso di non facile soluzione; sapevamo peraltro che tanto la Gestapo quanto l'SD tedeschi, avevano seminato la Confederazione di spie e faccendieri, fu necessario valutare dunque la richiesta osservandola da due punti di vista complementari; avremmo messo CH. alla prova; fosse stato una spia tedesca, come sospettavamo, ci sarebbe stata utile lo stesso come contro informatore anche a sua insaputa, sempre che fossimo riusciti a smascherarlo, altrimenti avremmo guadagnato un agente assai utile ai contatti con il CVL[i] Italiano; il suo passaporto gli avrebbe permesso di entrare e uscire dal paese, quasi indisturbato; del resto nessuno ignorava allora, al nostro livello, che la Confederazione vendeva e comprava merci, carbu-

---

i Corpo Volontari della Libertà. Denominazione ufficiale della struttura di riferimento militare e politica delle formazioni partigiane. [N.d.A.]

rante e viveri, a seconda, sia da noi sia dai tedeschi e dagli italiani; e che i treni svizzeri per speciale deroga attraversavano la Francia fino ai porti spagnoli e portoghesi; a Genova navi neutrali caricavano e scaricavano merci destinate alla Svizzera che arrivavano a Chiasso blindate e scortate dagli stessi italiani. Il paese non sarebbe sopravvissuto probabilmente. Questo spiega il comportamento politico ambiguo e prudentissimo del suo Governo circa i rifugiati e le nostra fiducia. In definitiva sottoposta a Washington la richiesta fu esaudita con speciale deroga degli alti comandi. L'ufficiale di riferimento di CH. fui io. Avevo il compito di trasmettergli gli ordini e ovviamente di sorvegliarne ogni passo, mossa o detto. Così cominciò la sua carriera di spia per gli alleati quel tale Christian[i].

Che cosa ci sarà mai di così orrendo in un culo di uomo a parte l'immagine che a esso si accompagna di feci che al bisogno scivolano fuori, per il dentro dove l'omofilo vorrebbe farci scivolare il proprio petardo o farsi scivolare l'altrui. L'immagine confonde o corrisponde anche a una possibile commistione necrotica, di mandare in fetida merda *lo* luccicante e profumato sperma, di assimilarlo a deiezione là dove esso è un pullulare di nutrienti protidi e gluci-

---

i In *Switzerland and OSS during the WW2*, Lawrence Th. Doubty (1913-2001) Washington Library of Congress. 1994. Per gentile concessione degli eredi. La traduzione è nostra. [N.d.A.]

di e vitamine, a provarne diletto nell'assunzione per os, ostia, di associare nel profondo più fondo il roseo puttino, eros l'alato alla deforme tànatos, la negra negrerrima troia. Ma tutto questo che a noi è parso utile descrivere senza risparmio delle più vivide crudità, può avvenire anche con soggetti femmina che non di rado prediligono quel modus a posteriori. Ottenute le dovute lubrificazioni. La situazione in cui s'era cacciato, e sappiamo rideva nel dirne, rideva di imbarazzo e n'era, pare, molto fiero l'innominato di avere affrontato con coraggio virile anche quella situazione di rose rosse, rosse rose e neri fondants au chocolat, cioccolatini insomma del migliore tra i cantoni cioccolatai, e champagne originale di prima della guerra che christian, vedere a volte quanto i nomi siano consoni alle persone, cristiano è chi dia da mangiare agli affamati e l'innominato è un affamato in forma più o meno stabile da prima che finisse e da che è finita la guerra cui è sopravvissuto con una scodella di riso al giorno, talvolta due, talvolta niente. Cioccolatini; *ullalà è una cuccagna*, insieme a tutti i dolci di cui alla fine c'è una relativa abbondanza nelle pasticcerie, è il mito inesausto il cioccolato che alimenta il paese neutrale ma non abbastanza da scegliersi i suoi profughi, quelli che sì e quelli che no, 51.000 fatti tutti i conti ai fatti. Anche l'innominato ci ha provato, dopo l'arresto il primo e la fuga felice per evitare il secondo, però a dire il vero né di 51 né di mila non entrò nel conto. Bruschi e gentili quei della chantunala gli diedero da mangiare cioccolata, formaggio e salsiccia; una piccola scorta per il ritorno, un pane, scatolette, sigarette e cerini, buona volontà, e lo riaccompagnarono al reticolato e, a dio saluti, aspettarono che sparisse nel bosco di larici da cui era arrivato, l'innominato, alla sua guerra restituito. Tutti come lui giovani, dai volti ottusi e montagnini i chantunali, poco attraenti cacciatori delle alpi, negati a immaginare altro sesso che quello delle vacche bionde, non cattivi in particolare, non buoni, tutti da classificare. Christian è da vedere invece com'è elegante nella sua vestaglia da margravio non vistosa, celestina, chissà se è viscosa, sotto la quale sta senz'altri veli, nudo; nudi i piedi sul tappeto, persiano nell'intenzione dell'albergatore; si vede bene una gambetta snella, ben disegnata, poco pelosa sguscia ad ogni passo dal tessuto cipollineo. Tornata la pace, christian ha dato lavoro all'innominato che non ne aveva più, conseguenza della guerra un po' per molti, molti dei quali hanno ritrovato bensì le strade dov'erano i loro uffici, le loro fabbriche del pane, ma dir tanto se rimaneva in piedi uno, due muri, il tetto o di un capannone quel po' di tralicci sotto a mantenerlo in piedi. Ha venduto stringhe e lucido da scarpe per un po' l'innominato, generi di cui c'era prima necessità, tutti rubati da uno specialista, nome di battaglia romèo, di professione ladro, ex deportato fuggitivo, anarchista astemio e ora capo di una organizzazione che ha razziato e razzia ancora treni di provvisioni militari che, stante l'assenza di un esercito da approvvigionare, non c'è nessuno che reclami, sostano ora in uno scalo, ora dov'è capitato che i macchinisti l'abbiano abbandonato. Romèo rende civile tutto quel che trova, camice nere incluse, a vagoni, coperte di lana sintetica o lanital, e vende e rivende, spende, spande, degli otto milioni dichiarati anche il ferro delle baionette, nasconde le armi, le cartucce, vallo a sapere se, e poi all'occorrenza smina dove ci sia bisogno; con un aratro e un rullo compressore montato sul davanti ad un trattore che ha rubato, ganasce artiglio aggiunte, scudi di ferro, un leviatano tutto saldato e *ay carmela* sulle labbra... nel '37 ha combattuto per la catalunya romèo... gira e rigira ad arare finché broubroum, salta la mina, salta la granata; corre il suo rischio gratis, romèo ha il cancro, dice la mia bronchite, trattore avanti canta, *Ay carmela ay carmela*, dove sia sia lo chiamano, ma vive di razzie e contrabbando. Morirà felice. Christian invece è salto di qualità, capire che cosa faccia non è facile, bello nei suoi bei completi da galante, il suo ostentato passaporto crociato, il via vai e vieni tra un confine e l'altro, da un ufficio ad un comando nel bel paese poco men che morto; cacciatore di taglie, ebrei da spedire in palestina, passatore di nazisti va a saperlo, si dice commerciante e di fatto, che taglia lì ogni curiosità, l'innominato fa per lui un buon lavoro di ragioneria, fatture, listini, anche in tedesco, inglese, merci che non si capisce ma, già che ha preso il diploma nel '45, egli si ingegna a far viaggiare e sdoganare da luoghi misteriosi ad altri che di meno non lo sono; ma di questo particolare si occupa il christian in persona. L'innominato che per l'indagine ha un portato, vagheggia che quello sia una spia, ci fosse ancora un corriere dello zar, un informatore ma di chi, del CIG[i] del suo governo, bah. (L'innominato si occupò di un ufficiale arrivato qui in paracadute e fatto passare poi di là in der schwitz; poi per anni suo amico di venture). È omosessuale christian e l'innominato, fino a quella sera un po' speciale, molto traminer, pesce di lago e festa dei fiori, oltre il confine dal paese dove campanelli molto pochini ormai, è abituato a chiamarli invertiti, pederasti o, è suggestivo ma brutale il termine in dialetto, cüdemèna, un neologismo, scuotilculo in italiano. Quindi non gli occorre che un lampo al giovane innominato, riconoscibile ancora nel tipo dalla bellezza

---

i Central Intelligence Group. [N.d.A.]

spensierata in bicicletta della sua foto marinara di alcuni anni addietro, ma adesso, con lo sguardo connotato da un tono che antichi narratori direbbero febbrile e che in una foto di quell'anno stesso ci pare invece di volpe dagli occhi luccicanti a notte, la testa agitata dal lavoro di guardarsi dappertutto, da ogni cosa, sopra e sotto. Bon, non gli occorre che un lampo per vedersi posseduto da quello strano modello d'angelo in azzurro, per il quale nutre una condiscendente tolleranza di uomo moderno sempre però a ragionevole distanza dai fatti che la ragione trova irragionevoli e senza peli, è il caso, sulla lingua. Si vede subito, l'innominato, che mai difetterà di fantasia, si vede risucchiato nella vestaglia celestina, da un corpo del suo stesso tipo; ohi che disagio ohi ohi, non è difficile capire che non sa di cosa, se deriva o precede quell'immagine che non riesce a tollerare, da un timore diffuso di quell'uguale, della violenza tanto più orribile quanto più oscurata alla fantasia, qualcosa che sentiva dire succedesse in una certa villa, triste; se si tratta di un terrore più profondo ancora, dacché è entrato nell'età delle ragioni del sesso, di trovarsi a tu per tu con sentimenti, i suoi perbacco questa volta, che considera da donne, di doverose corteggiate, anche se si tratta di compagne e non di cagnoline da salotto, rocche segrete, voluttuose rocce, di consenzienti intruse. Oppure alfine teme soltanto di dire un no che offende. Tutti sentimenti e sensazioni che ricorda estranei a un'occasione di qualche tempo prima, all'hotel R*** dove i germani si sono acquartierati e dove lui, *vado in germania e so il tedesco*, una divisa decorosa alla meno peggio, bracciale rosso e fazzoletto bianco, andò a chiederne la resa. Lo ricevette allora il capo dei germani, già impeccabile all'alba ma stanco nella sua impeccabile montura. Gli offrì un bagno l'uffiziale, invito che all'innominato sembrò dovuto alla propria puzza; ah l'estasi dell'acqua, pulita e tiepida, del sapone, grigio con una strana sigla incisa nella carne, *rif* ovvero reichsstelle für industrielle fettversorgung[i] di un vero telo da asciugarsi, con cortesia porto da quell'uffiziale molto di lui più anziano e poi della colazione offerta scusandosi per la scarsità anche dei surrogati, ma miele, marmellata e uova, in polvere, gallette dure, caffè, margarina, simili al vero invero con la fantasia. La pacchia per un'ora, il tempo di fare due ma intense chiacchiere culturali, l'uffiziale ha dostojevskij sul tavolo ingombro di quelle carte che sembrano la norma di un esercito bene organizzato, fatale titolo

---

i *Ufficio forniture statali di grasso industriale*. Girò la leggenda già durante la guerra che la sigla mal scritta, la J e la I sono simili, fosse RJF ovvero Reine Juden Fett, puro grasso d'ebreo. In realtà di questa produzione i nazisti pare non furono capaci, almeno non industrialmente. [N.d.A.]

schuld und sühne, delitto e castigo; poi fumare sigarette misteriose, poi sentirsi spiegare che no, l'esercito alemanno non può arrendersi a un esercito senza una patria dietro a dirgli cavallino corri e vai, vai che siamo qua con te. Così bitte danke marescià, danke bitte marescià[i].

Ebbene, quando le braccia di christian gentili lo invitano tra le pieghe della vestaglia celestina – ricordi il lettore fin qui arrivato che c'è un corpo, nudo, lì sotto – quando ormai si adattano e si stringono al corpo tutto vestito, impeccabile e stanco ma di vedetta dell'innominato, quando le labbra di un bel colore andrògino si adagiano convinte della resa su quelle dell'innominato e ne cercano un compromettente e languoròseo consenso sul fondo bluette delle barbe; quando la lingua mormora cose, *Vieni vieni sorellina*, con un sospiro di così atteso godimento che a orecchi estranei potrebbe far pensare a un ritrovarsi piuttosto che a un nuovo prendersi, allora le braccia dell'innominato afferrano le altrui per, divincolarsi sarebbe il verbo corretto, per dividersi, per non prendere parte a quella conquista che lo vedrebbe ma nel ruolo del conquistato o, a voler fare gli spiritosi, del sottomesso; alto là chi va là non ci va. Tempo d'attesa. Elettrochoc. In un noto

---

i Parafrasi della canzone napoletana *Tuppe tuppe marescià* (De Mara-Alacri, 1958). [N.d.A.]

manicomio cui lo ha spinto una volta volta la sua curiosità, il desiderio inappagabile di diventare psichiatra e una mancia a certi infermieri, l'innominato ha visto infliggere l'elettrochoc. Come gli sembrò quella volta di vedere il paziente evaporare da sé, dal corpo respinto di christian ha l'impressione di cogliere un'ombra umiliata che fugge, che si rifugia in un fruscio celeste, ricordo di una didone bidonata, bidone dindonàto, da un malinteso preventivo; *Io mi porto accanto la mia morte*, sussurra tra sé l'innominato, *Hai detto*, sussulta la didone in bluceleste, *No niente scusami... io mi porto accanto la mia morte*. Ora come potesse quell'asserzione improvvisa e di indiscussa verità in sé ma difficile da situare in quella circostanza precisa, incunearsi tra un uomo nudo, vestaglia celestina a parte, le cui dita cercavano la pelle sotto la camicia di un uomo tutto vestito, cravatta e gilet inclusi, è difficile da interpretare, ma l'innominato, possiamo dire fin dalla più tenera età, portava con sé i germi vivaci di una contraddizione con il complesso intero dei fenomeni presenti e futuri che lo avrebbero riguardato; insomma il suo andare per il mondo era un andare non incontro ma contro, che gli rendeva, gli aveva reso, gli avrebbe mostrato mortale il vivere. *Già... scusami tu... pensavo... ho pensato male,* blatera christian trascurando in sé le associazioni scatenate tra dentro e fuori e il desiderio di redimere quel ragazzo renitente e di aiutarlo vai a capire perché; perché se la racconta o altrimenti capisce che non è uno come gli altri; tuttavia lascia al suo accento cantonale di compiere un piccolo scatto di dignità offesa ma con levità, la stessa di chi, lavato e stirato di fresco, come a respingere il calice amaro del sudicio, in una giornata di luglio scatti di corsa per raggiungere il tram che parte tra la folla ma subito si freni, rallenti richiamato dal tono dei propri abiti, al decoro di un professore di filologia approdato su un lido d'altri tempi, un'isola di morti. Tadzio. *Io capisco... capisco tutto... forse tu... capisco sempre... sta bene*; qui tra i puntini in sospeso declinata con un filo di voce un'amarezza più amara di qualsiasi cioccolato amaro; *Ti prego... mangia un cioccolatino... sono per te;* con un sorriso ignobile di madre nobile, *Ti prego ancora di scusarmi tu.* Segue un vuoto di compensazione come nei sommergibili *a salire*, un ricomporsi incerto, un ricompensarsi con tutto quel di più di cortesie. E l'innominato può richiamare il tono del maschio alfa che ha ripreso il dominio di un istante vago e ambiguo, *Non c'è niente di cui scusarsi... non... no,* parla in lui il commissario del fronte del progresso posto di fronte a una svolta imprevista del progresso che, *Ognuno è... insomma non mi pare... solo un malinteso... nemmeno... provare è lecito... non è una tragedia,* e gli pare che quel motto, tragedia, chiuda con eleganza le porte in faccia a un ospite sgradito. *Piuttosto dormiamoci su*, fa christian tornando alla sua cartagine; per questa volta non si getterà da una torre, non darà fuoco alla propria pira con uno zolfanello là fuori sulla riva, là dove alle prime luci della sera è approdato l'oggetto del suo mancato desiderio, non si vedono barche pronte a salpare per questa notte, cioè neanche un vaporetto. Un funerale vichingo è fuori discussione. *Dormiamoci su e beviamoci su... non sprechiamoci... non sprechiamoci... non immoliamo sull'altarino del malinteso... non immoliamo una rara bottiglia di champagne... ecco questa sarebbe una tragedia;* e con questa battuta di banalità non rara christian scomparve dall'orizzonte degli eventi.

I bambi

È nel rituale della notte che arrivano i bambi; succede tra i monti che al trescone del giorno con la sera, i branchi di caprioli appaiano e si lascino intravedere nei boschi, si recano da qualche parte a fare qualcosa che a noi non è dato sapere – troppo accerchiati gli umani dal loro desiderio di pipponi al pipino esegetico –. Ci guardano dal folto con i loro occhi in cinemascope i bambi, chi ha le corna chi no, e scompaiono là dove all'essere umano non sembra proprio esserci passo, né traccia. Ecco com'è. I bambi prima o poi arrivano.

Oh come ci si accorge di respirare di notte, appena spenta la luce della propria camera, i polmoni all'improvviso consistono di ciò che sono, macchinario che gas pompa e ripompa; un altro ci respira accanto ed è denso ma non misurabile il motivo per cui ci formiamo un accanto, contiguo al nostro singolare ma efficace deserto, corpi stesi vicini, respirati a lor modo, alimentati dalla necessità, una gamba un piede una pelle che sente il consistere più o meno d'altra gamba, altro piede, altra pelle; tutta un'anatomia di mani, di labbra, fisiologia di rossori, turgori, tumescenze, salivazioni, una giga di gambe, bacini, trazioni e contrazioni, contractions, sbam sbam sbam sbamsbamsbam ohahhh, and release, è così che arrivano i bambi. Prima o poi. Poi non è più niente come prima. Lo dicono con grande sentimento, enorme convinzione, intonandosi alla propaganda intorno alla procreazione, lo dicono tutti i genitori, poi, dopo anche anni, senza negarsi una lacrima di commozione. Di fatto per l'innominato l'arrivo quasi simultaneo dei due bambi, sorella prima e fratel secondo, diciotto mesi di differenza accertati, venne a significare notti sempre più faticose nel tentativo poi abortito di ottenere dall'estero il diploma per corrispondenza di disegnatore d'interni. Le notti privilegiano le pappe, le tossi, catarri e pertossi, diarree, broncopolmoniti, uno all'altra appresso ma per fortuna la penicillina; due volte al giorno prima e dopo la chiusura della bottega la farmacista per l'iniezione, già pronto il bollitore, due siringhe *tuttovetro* tiepide e sterili nell'acqua acidulata al limone ché scorrano meglio gli stantuffi dentro i loro cilindri, i pistilli metallici infilati con giudizio negli aghi ché non li riempia il calcare durante la bollitura, l'acqua distillata che scioglie la polvere bianca, i teneri glutei scoperti dal pigiama, alcool, frr via l'aria dalla siringa e gnik l'ago nella carnina, aspira e ammira ché non c'è sangue, inietta, disinfetta, è fatta; quantun di febbre anche 'stasera ma domani mattina andrà meglio, e poi meglio e poi, una mattina, stanchissimi e sfebbrati; la mamma a fare i suoi mestieri, la buona vicina come nemmeno in una storia di bibbie e babbìi che accudisce i bambi contenti di tal novità, mentre la buona mamma è fuori a spigolare per sé, per il suo uomo e per i bambi di certo; poi cucina cucina, lava lava bolli bolli mutandine e lenzuolini, triangolini e ciripà per fortuna sono un ricordo superato, vasino finalmente, prepara il grande bucato per la lavandara, ehh tutto un daffare, un mestiere addomesticato dall'uso mentre l'innominato alle otto è già in officina, con il suo babbo, a lavorare, smonta e rimonta e disegna di nuovo, manda a stampare un modello, a vedere come si può fare per saldare e brasare, nickel ed ottone. Non più fascista il sabato repubblicano lavora almeno la mattina. E le sere della casa popolare, di periferia, sopravvissuta alle bombe, le riunioni per fondare una rivista, scriverne gli articoli, per discutere e protocollare gli incontri, mentre dormono i bambi o giocano in tinello sotto la tavola piena ancora di piatti e bicchieri. Borghese e contadina, opéra comique in più anni. Anni febbrili, musi duri e risate e rivolta, di parole di atti, oltre oltre i bastioni e il bestione parti communiste. Poi scorribande notturne in macchina con *union*, nome di battaglia di un ricco fabbro dai cravattini a farfalla in tinta con meravigliosi gilet; lavora in centro vicino ai canali, ha un'officina con molti operai e trapani e frese e mandrini e lui tutto il giorno nella sua gabbanella, grigia, *s'affretta e s'adopra* a finire la sua opra di fabbricare serrature, anche per le prigioni, per le chiese; di questo però si vergogna non poco e ne tace l'anarchista pentito del denaro che gli commettono i nemici della libertà. Il libertario sarà la rivista. Tra i redattori, amici uno per uno fino alla fine, *il fabbro* che di tutti sarà l'ultimo a morire. *Union*, ma è il solo, possiede anche una macchina bianca che union si chiama essa pure, o dovremmo dire lei pure, macchina di robustezza germanica, un immenso ricordo dei carri da guerra, capace di correre per ore nella notte fino alla lontana bavaria e veder l'alba che scorre sui tram delle periferie nella capitale birràrìa; e correre su e giù per le alpi dei cantoni, traversarli, fermarsi, sostare al primo caffè del mattino, al sole, stendersi ai fili dell'istante, restando tuttavia lì lì a respirarne l'aria sottile, ossigeno vero, l'odore della neve, di stalla, qualche muggito, il silenzio diffuso d'ovatta, tranne il don don degli ubriachi talvolta, i prati, all'improvviso una fabbrica irta di luci la notte, stradine nei boschi sbarrate da porte di roccia, paesini che sembrano essersi messi in pensione prima dei loro abitanti, con al centro un'officina dove in silenzio si fabbricano oggetti dal prezzo altissimo, candeline senza candelaio nei ristoranti, donne che mangiano da sole cibi di rara ricchezza. L'innominato è già un uomo sposato da tempo quando gli torna la voglia di rintracciare la treccia nera lassù tra alpi ed alpeggi del suo tentativo respinto di espatrio nonostante avesse tentato, mostrando quell'indirizzo scritto a lapis su un foglietto, di spiegare ai chantonali che aveva dove andare, che non sarebbe stato allo sbando, che non avrebbe creato imbarazzo alle autorità. Niente da fare, andò come andò già lo sappiamo. La treccia invece ohlalà, gran medico, disinvolta, importante, è ricca lui no, lui ne diverrà l'amante per un bel po', lei paga i viaggi, le cene, non pretende, è probabile non sia l'innominato l'unico uomo di cui può disporre, fa regali che lui in casa non mostra, che getta o che passa per omaggi dei clienti, un paio di guanti di fattura preziosa li conserverà fino alla consunzione. Treccia nera gli scrive gli scrive lo adula, lo attende, lo invita, lo vuole, si strugge, lo sprona. Lo attende. Morirà, in un giorno di gelo assassino, nella sua auto senza benzina, ferma in mezzo alla neve di un passo lontano, assiderata. Alla polizia sembrerà strano trovarla senza cappello, né cappotto né guanti, ferma al volante come un manichino. Ehi, un piccolo mondo antico piuttosto. *Union* ha una voce grossa da sigaro come gigogìn a suo tempo, è ricco s'è detto, vive però in un immenso quartiere, vuote le stanze di tutto tranne di un letto, di un armadio gigante e dei mobili di cucina, il resto delle stanze è occupato da libri e da pacchi su pacchi immensi, impossibili, fogli segreti, ispani, clandestini dovunque nel mondo, e dei quotidiani ufficiali che del potere sono l'orchestra, tutto ben fatto su con lo spago così che ci si può accomodare a sedere. *Union* ha un'antica morosa, alta più di 170 centimetri, aroma dior patchoulì, bianca come il suo nome, di natura duchessa, di mestiere in rivolta, sfolgorante in bellezza. Prima di lasciarla, dopo anni infiniti, union le manderà un disegno di sé en canard enchaîné in una gabbietta. Morirà union, di cancro ai polmoni, dicendo *kocheriani schifosi* ai bacilli che sputa, in un letto misero tanto che gorky avrebbe detto, *Oh no preferisco l'albergo dei poveri*. Tutti i suoi beni, di *union*, i libri e i giornali a chilo venduti, tutto il suo oro, i guadagni che assai poco spendeva andranno alla chiesa romana, tanto odiata e a una brutta beghina, chiamata *zoppetta* nome non da battaglia o sì ma con la poliomielite, del tutto ignorante di libri e letture ma che lo ha accudito, come un cane il suo osso. Sgarbo estremo, prima messa e funerale al mattino. Nessuno. Ehi, un piccolo mondo antico piuttosto.

Cronologia 2

1945 Diploma di ragioneria, lavoro come venditore di stringhe e lucidi per scarpe, lavoro al giornale del partito, altrove parti communiste o parcomm.
1946 Primo oratore del partito. Incontro con la *ragazza dal vitino di vespa*, ovvero mamam
194- Uscita dal parcomm
1947-1949 Attività precarie di giornalismo politico.
1948 Matrimonio della sorella con un uomo qualunque, tale Franco. I nomi già si è detto.
1949 Apertura dell'officina *Italmorsetti* con il padre.
1949 Matrimonio con la *ragadalvidivès*
1949-1951 Nascita dei bambi 1 e 2, ovvero i cardellini.
1950-1953 Tentativo di studio universitario per corrispondenza. Istituto Atheneum di disegno industriale e di interni. Losanna. Morte per cancro della sorella, l'uomo qualunque e vedovo continuerà a chiamarsi zio fino al secondo matrimonio con una donna qualunque. Se ne perderanno le tracce.
1952-1959 Attività di lavoro politico, fondazione della rivista anarchista *Il Libertario*, con *Il fabbro*, Dante, Randolfo, Union, Attilio, Alberto, la Gian-

na, Sandro, la Nuccia, Damonti e Omar; fallimento della rivista e fondazione del gruppo di revisione del pensiero anarchico *Solferino*, con Alberto, Bruno, la Nuccia, Union, Gilda e Omar.

1954-1956 Conseguenze del salto dalla finestra, 1945, primi sintomi di sofferenza vertebrale; punture lombari a domicilio. I cardellini ricordano un enorme chirurgo fasciato di bianco, il babbo bocconi sul letto, la sua schiena nuda, una siringa per giganti.

1955 La bambi 1 alla scuola elementare, il bambi 2 all'asilo; dubbi sulla scelta tra la scuola di stato, del parti communiste perché laica a prescindere, e la Steineriana, perché laica nonostante nulla. L'innominato non potrebbe pagare ma Steineriana a carico della scuola stessa. Contrasti con il padre e con la madre su temi di lavoro ed economia. Spese inspiegabili dei detti.

1957 All'ospedale dell'Università muore di cirrosi epatica il compagno Romèo; il giorno avanti al primario in giro che gli domanda certezze sui suoi trincaggi risponde allegro, *Un litro e mezzo al giorno professore; Ecco vedete, sta per proseguire il compiaciuto cattedratico ma viene interrotto dalla chiusa, Di latte professore.*

1959 Gravissima esposizione bancaria dell'officina. Si scopre che il babbo del babbo, prosciugati i propri risparmi e di là dal proprio stipendio, fa uso privato, acquisti, ristoranti, dei fondi della Italmorsetti; *Roba mia*, grida il vecchio in sempre più frequenti accessi d'ira, *Roba mia*. Frattura tra innominato e genitori.

1960 Messo di fronte alla minaccia di bancarotta fraudolenta il babbo del babbo dichiara che preferisce suicidarsi piuttosto che lasciare al babbo la conduzione dell'azienda in acque sicure e...

Fallimento

Conti conti conti, conti macchinali, convulsivi conti, conti da pagare; fare i conti, saldare ma come i conti al passato in un presente il cui futuro non arriva mai ed è già ieri, conti. I conti, nell'esperienza comune, sono senza deroga ciò che ci investe nel ruolo unico di paganti; *e io pago e io pago*, è il tormentone da comici dell'arte dell'essere umano legato al laboratorio sperimentale del quotidiano dove non c'è remissione al peccato di essere vivi, l'inferno oltre le porte del quale è difficile esista qualcosa di peggio se non la follia, alla quale non sono per nostra fortuna posti limiti o sono meno stabiliti di quanto sembri all'opinione comune; a volte un purgatorio che, del tempo relativo di una vita umana, spesso costituisce una percentuale dall'apparenza infinita; l'alighiero fece un lungo tuffo nella schizofrenia, non-tempo, ma ne risalì rinfrescato. Conti, con il fallimento del padre l'innominato fece pertanto il salto dall'immaginario delle sue speranze, in un mondo migliore, immaginarsi, a quello della disperazione, e della lenta interminata risalita su su per il sentiero della montagna della convenzione *borghese*, lungo il quale la prova unica costante da subire è quella di fare e rifare, far quadrare e pagare conti. Conti e rate, rate e conti, dilazioni. Imposte da una circostanza messa in atto dal nonno dei due cardellini, il babbo del babbo determinato a trascinare tutti con sé nella sua cieca notte, e senza il bisogno di trafiggersi le pupille con uno spillone, senza giocaste né intrighi. Spodestato dal suo ruolo di anziano, dispensatore di buoni propositi che l'innominato avrebbe voluto fargli giocare, il non tanto vecchio suo padre, che quel ruolo dio ne liberi e scampi, decise di sperperare con metodo i risparmi, prosciugare il conto bancario, sospendere le rimesse ai fornitori, in una parola di ribellarsi ai doveri di un'economia addomesticabile, di infischiarsene di pilotare o far pilotare dal figlio la propria officina tra le secche dei conti, attraverso e non contro le difficoltà, uniche, e non pagare mai. Anche lui, il vecchio che era riuscito a tenersi nel limbo di coloro che sono sospesi tra una ricchezza desiderata e ottenuta quale unico antidoto benché illusorio all'inferno, e quella ben più modesta, procurata con il purgatorio di un lavoro anonimo ma redditizio, in tempi di penuria, chiamato a rendersi conto, e dai, alle assise possenti delle banche, posto di fronte all'alternativa di ritirarsi, in cambio di un nuovo sostegno finanziario ma a condizione che al figlio, all'innominato, fosse affidata la direzione, il vecchio, calcolato poco più poco meno settantenne, si negò al compromesso, per quanto razionale fosse e oculato e come tale prospettato; che piuttosto di lasciare il suo posto di comando in un'officina di quattro persone figlio incluso, si sarebbe suicidato, disse al funzionario, possibilista, della banca nazionale. *Mi butto dalla finestra,* urlò poi nel crescendo di uno dei suoi noti furori e per la precisione poi urlarono in due, *Ci buttiamo dalla finestra,* lui e la moglie, le bella dama bionda dal capo sempre un po' reclinato a sinistra, lì presente e informata dei fatti ma scossa da un dio iroso e letale e non meno decisa dello sposo ad auto-affondarsi. Sì che con gran piglio si scagliò alla finestra più a portata, s'aggrappò alla maniglia, squassò l'infisso per spalancarlo ma questo non cedette, l'augusto palazzo bancario aveva pure qualche difetto di manutenzione, e dunque la moglie fu afferrata prima dal marito, il cui *mi butto* voleva essere bensì preso sul serio ma non al punto che l'atto prevalesse sul detto, infine dal funzionario di banca e infine dallo stesso figlio, perplesso il primo, rassegnato il secondo, il teatro è la noia delle repliche. Trattandosi di un ente nazionale posto a baluardo di interessi provinciali, alla banca, beninteso con gran prurito di cui fregarsi le mani, non restò dunque che convalidare l'ipotesi di una denuncia per bancarotta. Penale. Si osservi ora quale affinità non solo nominale tra quell'altro, il manzoniano torreggiante innominato, e il nostro; chiamato in causa non dalla madre in sordo sconcerto, né dal padre che, placati strepiti e furie, lo esortava a mollarlo al proprio destino, senza scherzi e con accenti anzi commossi fino alle lacrime – analoghe queste in qualche modo a quelle che anni e anni addietro aveva fatto versare lui al figlio –, chiamato in causa ma attenzione dalla banca, che premeva a quel punto per una dirittura, il nostro innominato accettò tuttavia di mallevare pel padre. Dall'alto della sua distanza il lettore potrebbe concludere, *Ma guarda 'stu fesso*. Le riduzioni, le semplificazioni non sono altro che una scappatoia puerile alla complessità, una furba trappola in cui i furbi si mettono da volontari e ne approfittano. I meno furbi e i perplessi non ne sono capaci, né di trappole né di semplificazioni. Peraltro la complessità e la complicazione, sono difficili da afferrare e poi ritenere. I genitori non sono in particolare i nostri genitori né occorre amarli ed onorarli come se ci appartenessero, come i gatti e i cani dei quali scegliamo la compagnia o persino le mogli, le amanti, i compagni che tutti passano molta parte della propria vita a crearsi, *tu sai perché*. È che i genitori sono l'unico e particolare legame personale con quel bene comune e collettivo che è il nostro *prima di noi*, dove il possessivo nostro anche in questo caso va pronunciato con il riguardo dovuto alle cose di tutti.

Che cosa avesse da dividere gesù con una povera adolescente, sposata chissà all'indomani dalla prima mestruazione con un falegname – dunque chiodi e martello, gli oggetti hanno un loro umorismo –, e magari alle soglie dell'aspermìa, è di poca importanza; fondante è che il galileo decise di mettersi in croce – galilei più tardi no – per salvare in generale il legame che quei due, M&G, rappresentavano; con tutto quello che gli apparteneva prima di loro due stessi e oltre; quello andava salvato a costo della vita, al di là. Pena sarebbe stata la rescissione dalla propria molteplice natura di figlio naturale e soprannaturale, di dio ma vezzeggiato da tutti gli dèi senza genitori ma, ma ma mammà. Così il figlio, l'innominato, posò il proprio capo sul ceppo dei debiti del padre – è chiaro, está claro, che fosse stato razionale non lo avrebbe fatto ma non l'avesse fatto si sarebbe fratturato e in questo caso non i gomiti –.

Ciò che siamo stati senza esserlo stati di persona non può essere tagliato via, non dalla morte degli attori; qualcuno, qualcosa che sopravvive c'è sempre, può essere rimosso ma a costo di privarsi in modo grave, e irreparabile a volte, di una parte di sé che è affare poi di complicati sforzi ricostituire all'eterno presente di cui, per una naturale capacità della fantasia, coniughiamo un passato remoto o un futuro anteriore; la nostra ragione è ragion d'essere probabilmente e non va confusa con la ragione on-off dei calcolatori (ordinateurs); letta con gli occhi di adesso, crediamo fu questa la tonalità fondamentale di quella partitura complessa che ogni essere vivente davvero o è o che, perlomeno, dovrebbe essere, tyche, destino o *fortunata combinazione*. Infine certo vi fu la considerazione di non poco benché secondario conto, ahiahiahi che occorreva scansarlo quel padre, alla vergogna, alle spese e agli inconvenienti del processo, dalla certa condanna e al carcere quasi per certo, non raro epilogo di un reato allora indecente per la società. Oggi si sa. In quella stessa drammatica occasione, sipario di tutto il suo dramma futuro, l'innominato sedette con pazienza a firmare una mole solenne ed enorme di cambiali che avrebbe pagato per quindici e più anni. Foglietti di carta cui un malinteso attribuisce un valore reale, il denaro manifesta peraltro una privazione di resto, tale da lasciare chi firma in ultimo piano, una mano utile alla penna. Questo da ultimo è il peccato fondante il mercato che, definire *opera del diavolo* con annesse sue deiezioni, è ridondante ma per ora efficace. Fu la sua spietata auto condanna all'inferno per l'innominato, il rovinare solido della propria impalcatura e di più di tutta la propria casa nella schiavitù. Molto spesso però quelle che prendiamo per angosciose alternative, per bivi, non lo sono affatto, bensì strade che filano dove devono senza soluzione, congiunte e insieme una contro l'altra. Se fino a quel momento, nel mare delle teoriche, l'innominato si era in parte illuso che il lavoro fosse un mezzo per trovare la libertà attraverso il denaro, onesto certo e, per la libertà acquisita, riuscire a modificare, a rivoluzionare, da fuori la propria esistenza e l'altrui, dedicandosi a quest'ultimo, politicamente, non meno che a sé stesso, si rese conto così che il denaro, il guadagnare denaro, l'accumulo di denaro, il denaro in sé, tiene tutti, tranne i predatori e gli òligofrènici, unici adatti a vivere tra gli animali, nella condizione di chi non sa stamane se mangerà stasera. È tutto qui. Non è poco.

Seguirono infatti tempi bui. L'innominato non sapeva svolgere nessun tipo di lavoro manuale e il suo ruolo nell'officina era quello di pensare e disegnare le cose che altri di concerto avrebbero costruito; per questo motivo la maggior parte dei mobili della piccola casa popolare che l'innominato abitava con maman, la sposa della sua vita e i due cardellini, accidenti della sua sostanza, i mobili furono smontati da un cognato e nascosti in un solaio sicuro, un pezzo alla volta, viaggio dopo viaggio su una piccola automobile chiamata, sarcasmo dei ricorsi, topolino. I pasti in casa si fecero radi, ridotti, difficile da trovare un lavoro finché non fu accettata e poi rimossa l'emigrazione prima in un'altra città, una città di mare scoscesa, ventosa d'inverno e d'estate, la cui acropoli di ville e palazzi domina tuttora una tessitura di vicoli calafati dai secoli. Poi in un'altra di un mare minore ma lago assai grande. E lì sostò. Venditore di macchine per caffè che non funzionavano; venditore di detersivi che non si vendevano o poco; poi la luce di un piccolo impiego poi di un altro in una e poi in un'altra stamperia che, stampa che ti stampa libri d'arte, crebbe fino a fare dell'innominato un piccolo dirigente, senz'altri pensieri che quelli di fare girare le macchine offset a cinque colori.

Quel periodo alla fine tranquillo fu però costellato di mali e dolori, innumerevoli, e preparò la scena alla morte; l'innominato prese ad allontanarsi, processo simmetrico al suo passivo essere allontanati, a *scomparire* poco poco alla volta sulla sua seggiolina di cucina, e a tenere sul comodino un quaderno, di quei neri, di scuola; ci viene mostrato così com'è rimasto, un collage incompiuto e gonfio di note per esteso ma senza una data, non più un diario, ma appunti e ritagli di giornale piegati a fisarmonica e incollati nel quaderno con una materia all'antica, la riconosciamo, colla di farina; redatto con una curiosa scrittura cardiogràfica, discontinua, piena di picchi e di guglie e sprofondi, parte a matita, parte con un inchiostro verde-azzurro, infine con una biro; nota bene, benissimo, sic e rimandi in calce e allato a non più finire, punti esclamativi, parentesi vuote di testo ma punteggiate da un segno interrogativo, il quaderno, fosse mai diventato volume, avrebbe dovuto mostrare e dimostrare al mondo l'equazione uniformante, ovvero il teorema generale di una nuova politica, di idee senza ideologia. *Non avanzò mai oltre qualche piccola riga al giorno, spesso nemmeno*, sospirano i cardellini, un sostantivo cancellato, una virgola posposta e riproposta, una scrittura affaticata per anni e anni e anni. *Nulla. Sparse, il pensiero lucido su disseccate pagine*, esso non fu però mai, nemmeno alla lontana, organizzato e finito. Allo stesso modo procedendo in una lettura saltellante e, lo ammettiamo poco attenta, senza avere cercato prima di decifrarne le molte oscurità ortografiche e la costante ostilità degli assunti, al leggerli, ci colpirono però alcuni passaggi tanto da volerli riportare qui di seguito, in una summa grossolana, *un giusto per*, ottenuto pizzicando parti del testo, sfrondato dagli ostacoli più vistosi d'interpretazione.

Dal quaderno nero dell'innominato

Titolo: Le rovine di Atene (Atene è caduta) Ricordarsi: Arrivano alla mecca anche i pellegrini zoppi, arrivano più tardi ma arrivano (me lo disse *Omar*, tanto tempo fa e non me lo levo dalla testa nbb.) **Illeggibile** feudalesimo → rivoluzione → stato borghese → stato capitalista/super capitalista → riv(oluzione) → tirannide →??? lo stato è una delle forme della paralisi di ogni sistema razionale **illeggibile** un sistema razionale si configura motu proprio con lo scopo primario di garantirsi la sopravvivenza sull'individuo. {[Definizione di individuo. Genetica. Psicologia. (Vous l'avez voulu, vous l'avez voulu, George Dandin, vous l'avez voulu...)+(Spi ri tua le-L'homo anarchicus e oltre)+(si può prescindere dalla fede, dalla religione, dall'anima, Jung Jung Jung, NOOO, pena la circoncisione da sé (?)]}. Naturalmente fa di tutto lo STATO per far credere all'individuo di essere lì creato a garanzia degli individui. Di essere una libera interpretazione della pòlis: garanzia della libera associazione di questi in una societas di protezione. Lo stato è metastasi di un malinteso. Inganno. Propaganda. Meccanica della classe in contraddizione **illeggibile** la macchina che si ribella al suo creatore(metropolis, golem) **illeggibile** la lotta di classe è una grande montatura e la montura di chi la sfrutta ai suoi fini. Merde alors. Dal 1914 l'umanità, (che che cos'è l'u **illeggibile** - genere di umanità - popoli? Vous l'avez voulu, vous l'avez voulu, George Dandin, vous l'avez voulu, (homo pre-freudianus) nella sua faticosa e contrastata azione tendente (a) render l'uomo soggetto anziché oggetto di storia **illeggibile** che aveva trovato cariche propulsive nella rivoluzione francese prima e nelle rivendicazioni **illeggibile** la questione araba è posta da un [(M)(m)essia] inglese (!!!) Lawrence 7 pillars of/for a Wisdom **illeggibile** dal pensiero socialistico che poi da progressivo per definizione – una palla di cannone è progressiva per definizione – si è praticamente tradotto in un movimento regressivo (sic!!!). Accordo Sykes-Picot connerie cochonceté merdité. Il tecnicismo di cui si ammanta oggi la fraseologia sociale altro non è che la mimetizzazione del vuoto ideale in cui si dibatte l'uomo odierno (homo freudianus=ego ego über alles). Una teoria generale della psiche, ascolta ascolta, è tecnicismo, meccanica, dovrei leggere MH (Martin Heidegger n.d.r.) Ma che stÙfida. Noi siamo che cosa se non pura fenomenolo(gia). Homo inventus. È un uomo inventato quello di Freud (è il proposito che brilla non la forma) quasi per intero corrispondente e solo alla media dei soggetti bianchi europei (un giapponese è nevrotico???) La condizione normale dell'uomo è (????) la paranoia (quante incognite nell'equazione). Se essere è tempo (sic)occorre capire in che punto si ferma il tempo allo schizofrenico = odiernità inventata **illeggibile** che ne è dell'Africa (i mondi terzi sono il sale d'europa?? che la fa disseccare?? il colonialismo non è una follia ma la condanna-folle-alla follia-che esso stesso si commina. Analogia tra familia androcentrica e ginecocentrica. Relazione coloniale reciproca. Così ogni stato è per di più di natura uno stato coloniale. Cambia solo il tipo di colonizzato. America e Unione Sovietica differiscono nei modi non negli intenti. Nella confezione non nella torta. (Ohi ohi sviluppa, ricordati di Stalin, Questione del leninismo, valla a ritrovare la pagina mah) Si saprà o si sa già? chi ha dimissionato Mossadeq?? ritorna Sykes Picot) libertà quale risultante di uno sforzo cosciente e costante **illeggibile** educazione permanente=rivoluzione permanente? La cura di una paralisi di sistema è come in medicina di là da venire ma: OGNI SISTEMA È UNA FORMA DI PARALISI. Essa rappresenta sul piano filogenetico ciò che sul piano ontogenetico è una stagnazione. (*L'homo anarchicus=homo junghianus* non è io ma noi, è l'unus molteplice, nessuno centomila, quindi è in costante dialettica con sé e la societas. Quante sono, tante sono ma il tempo non le equilibra. È societas mentre **illeggibile** (quando) si tiene in sé. Sé. Equilibrio e integrazione=la saggezza è movimento. Stagflazione/psicologia della -? Ogni stato rappresenta se stesso e non altro. Lo stato della chiesa (la chiesa nello stato lo stato/chiesa) ne è l'esempio, il modello. La chiesa è il Leviatano perfetto. Tutti gli stati sono enti religiosi (o militari che è la stessa cosa anche quando la militarizzazione/atatürk/nasser/ vorrebbe smacchiare la religione dal presente ma poi. (Ogni stato val bene una messa dal momento che va bene alla massa) i cui sottosistemi si alimentano a loro volta da sé come cellule malvagie **illeggibile** (banche, uffici di tassazione, distretti militari **illeggibile***)* Il singolo, l'ognuno chiamalo individuo se vuoi non è che un uomo della foresta (oh radura radura!!!) attualizzato **illeggibile** dell'instabilità dell'essere umani alias bestie **illeggibile** sua pars destruens. Corpo e anticorpo. Lo stato è l'immacolata concezione del tiranno archetipico. (ma chi altri è se non l'homunculus stesso, il grande Paraculo, la grande Charogne. Il Leviatano sono me) In se ipso tirannia dei pochi sui molti **illeggibile** se di esso non è adeguata compagna l'enantiodromìa che gli compete e lo completa. Così ogni stato è uno stato coloniale. Le democrazie rappresentative rappresentano pertanto solo se stesse ≠ dagli assolutismi anzi li sostituiscono con blandizie (palavers). Se allo stato non si sfugge eliminandolo, occorre dallo stato sfuggirSI. Camus lo aveva capito. L'ètat n'est pas moi l'état n'a pas moi l'état m'aura pas[i]... **illeggibile**.

---

[i] *Le rovine di Atene* (1812). Partitura di L.V. Beethoven che contiene una celebre Marcia turca. *Georges Dandin* (1668)- J.B.P. Molière commedia ais7. *Metropolis* (1927)film tedesco di Fritz Lang. Der *Golem* leggenda ebraica praghese, tradotta in romanzo da Gustav Meyrink(1915) e in film da Paul Wegener(1920). Sykes e Picot autori dell'accordo segreto anglo francese che prevedeva una sollevazione araba alla dominazione turca e che portò alla spartizione del Medio Oriente, ovvero dell'Impero Turco in colonie o aree di influenza anglo francesi. Agente della sollevazione araba 1916-1918 fu T.E.Lawrence di cui *I sette pilastri della saggezza*(1922). Mossadeq Mohammad 1881-1967 primo ministro iraniano 1952-53, autore della nazionalizzazione del petrolio in Iran, *dimissionato* da un colpo di stato organizzato da USA. e GB. operazione Ajax. Atatürk Mustafa Kemal - *1881-1938* militare, agitatore politico padre fondatore e primo presidente della repubblica turca *Nasser Gamal Abd el - 1918-1970* militare, agitatore politico e secondo presidente della Repubblica egiziana. L'ètat n'est pas moi, parafrasi e variazioni del noto L'ètat c'est moi frase attribuita al re Luigi XIV. La traduzione non rende il gioco di parole: lo stato non sono io, lo stato non mi possiede, lo stato non mi avrà. [N.d.A.]

M

La mamma che in questo salotto di ricevimento è rimasta poco più poco meno di un fantasma ci viene mostrata solo ora in una foto, data XI/9, *anno millenovecentocin*, calligrafia e stile, XI/9, del babbo innominato, giorno e mese della sua nascita, c'è da presumere dagli abiti poco dopo o poco prima del matrimonio. Indossa una lunga gonna chiara godé, sandali e un paio di occhiali da sole americani, è in piedi accanto a una lambretta, la mamma. La mamma, la cui origine contadina le conferiva la quadratura o la rotondità necessaria dei pensieri, si mise a tagliare e cucire in casa camicie e pantaloni. Per tirare avanti, per non fallire con se stessa. Non per un giorno, per anni.

Cronologia 3 e note sussidiarie

1960 Natale. Sull'orlo di tutto, non si escluda una roggia, cfr. 1964
Impiego da dimostratore tecnico in una fabbrica di

macchine da caffè industriali, innovative smettono di funzionare con metodo al 700° caffè. Generoso, sciroccato, ricco e non privo di senso della realtà il padrone della ditta invia una scorta di cibi freschi e in scatola all'innominato.

Si riporta qui la frase che i cardellini ricordano con precisione, *Bambini questo natale si mangia*. Ricordano non di meno che da tempo molto per tempo venivano messi a letto dopo una merenda di pane e caffellatte. La sintesi razionale è che si trattava di razionamento.

1961 Fallimento delle macchine da caffè e primo cambio di residenza. Cessazione dell'attività politica regolare.

1962 Impiego preso il rappresentante grecanglogiudeo M*** della Imperial Chemical saponificatrice. Paga bassa ma molti incentivi e premi. Regali lussuosi specie ai bambi, domeniche di beneficienza. Scarse vendite. Cessazione forzata dell'attività. Liquidazione. M*** crepacuore. Occupazioni provvisorie.

1964 Muore l'amico, nome di battaglia, *pietrino*, già a Barcellona, c.n.t[i] 1936-1939, 1940 fuga internamento e fuga, indi Maquis di Rochechouart 1941 -'43, lascia una lettera che principia in francese con le parole

---

i Confederación Nacional del Trabajo, sindacato anarchista. [N.d.A.]

di Camus, *pour se suicider il faut beaucoup s'aimer* poi spiega perché, data la premessa, vivere è un'impresa senza futuro, si adagia in una roggia e ne respira con determinazione l'acqua. Dolore dell'innominato. Benzodiazepine.
1964-'74 Impiego presso la stamperia arti grafiche ***. Lenta ascesa verso una nuova qualifica professionale. Nuovi sintomi di vecchie malattie, ulcera gastrica, riso riso riso Roter Roter Roter. Il cardellino ricorda la scritta rossa sul giallo della scatola di latta *due compresse subito dopo i due pasti principali in una tazza d'acqua calda non zuccherata*, da lì la sua vocazione medica, afferma. Parziale prima minaccia di crollo vertebrale corretta dal porto di un busto di gesso per gg. 120, successiva fisioterapia e obbligo di corsetto semi-rigido. Enfisèma. Nevrosi depressiva a fasi alterne. Forse bipolare.
1969 In seguito al primo, in una banca, di una serie fortunata di attentati, 17 morti 88 feriti, telefonata del compagno, nome di battaglia il fabbro, *Abbiamo i telefoni sotto controllo, ciao*[i].
Il cardellino ricorda qui la faccia da crema solare di un intervistatore della televisione che gli domanda fuori di scuola la sua opinione sulla sedicente pista

---

i 1969, 12 Dicembre, prima di una serie di stragi e omicidi pilotati dalla CIA e affidati dallo Stato stesso e dai suoi Servizi a vari esecutori di area fascista nel timore di una deriva comunista in Italia (anni di piombo). [N.d.A.]

anarchica. Risposta, *Non possono essere stati gli anarchici*. Il cardellino ricorda che l'intervista non andò mai in onda.

Il cardellino ricorda anche la faccia del compagno Pino il giorno prima di essere suicidato dalla polizia, racconta, *Ero andato all'ospedale di *** a visitare un compagno che faceva lo sciopero della fame, molto caldo, mi ero tolto la giacca e uscendo l'avevo dimenticata. Il giorno dopo il Pino passò da casa a portarmela. Era un ometto gentile*, afferma il cardellino. La cardellina tace[i].

1970 Secondo e definitivo cambio di residenza. Città di lago. La seggiolina.

1974 Fallimento della arti grafiche ***. Impiego di fortuna in una casa editrice comparsa dal nulla, *Istituto Editoriale Internazionale*; l'amministratore delegato riceve seduto a una scrivania sulla quale costruisce tutto il giorno bizzarri origami, dieci titoli in catalogo la ditta, enciclopedie copiate e invendibili, paga altissima. Sull'onda di *rumours* sulla vera funzione dell'azienda l'innominato si dimette, viene liquidato e gratificato a dismisura senza esitazioni. L' A.D. morirà in carcere ucciso da un caffè, avvelenato. Il metodo è del vecchio repertorio omicida *di*

---

[i] Giuseppe Pinelli-Pino, ex partigiano e militante anarchico assassinato negli uffici della Polizia di Milano nel dicembre 1969 subito dopo l'attentato di Piazza Fontana. [N.d.A.]

stampo mafioso, scrivono i giornali.

1976-1986 In proprio; grazie alla liquidazione e prestiti dei numerosi amici. Attività di vendita. Negozio di stampe, acquerelli, cornici. Discreto successo. Restituzione dei prestiti. Risalita di una china economica. Acquisto di un nuovo frigorifero, di una nuova lavatrice, di una nuova cucina economica. Possibilità di vacanze. Salute incerta se chiamarsi tale o malattia differita. Nevrosi ossessiva. Nessun tentativo di psicoterapia. Sessioni sempre più frequenti di isolamento alla finestra. Episodi febbrili ripetuti, acuti e/o persistenti.

1986 Estate. Declino del giro di lavoro. Vacanze da custodi di una villa. Improvvisa insorgenza febbrile, 39°, 40°, 41°. Misteriosa infezione sistemica. Lo cura un ex-primario in ferie. Un mese di antibiotici. Sospetti sulla diagnosi. Poi depressione importante. Antidepressivi sistematici. Da allora febbri cicliche notturne. Due cambi di pigiama per notte.

1988 Inverno. Muore la ragazza dalla treccia nera. La notizia arriva per voce della domestica portoghese dopo ripetuti tentativi telefonici a vuoto. Si traduce con approssimazione che la donna è morta nella sua auto, ribaltata/caduta/schiantata a causa del ghiaccio in montagna. Assiderata invece e senza ribaltarsi è la versione corretta. Smarrimento dell'innominato che, nonostante le febbri, correrà di nascosto al funerale. Assenza di alcuni giorni indi litigio furioso con la moglie.

1989 Il compagno *Omar* viene ricoverato in ospedale, clinicamente sano, sembra svanire, diagnosi psichiatrica; vegetariano, per un mese si rifiuta di mangiare il cibo dell'ospedale, anche il riso al bianco, contaminato dice, in cucina, dalla carne per gli altri. Tecnicamente nuore di fame.

1991 Muore la moglie, ovvero mamam, ovvero la donna nell'ombra ovvero la ragazza dal vitino di vespa. Smarrimento totale dell'innominato.

1990-1994 Prima diagnosi di vasculite. Primo e successivi ricoveri. Cortisone. Cortisone cortisone. Crollo vertebrale definitivo. Busto rigido iperestensore a tre punti in titanio e alluminio. Psicosi organica. Allucinazioni frequenti. Mostri lo perseguitano.

1993 Agosto. Muore d'infarto a casa propria, del tutto solo in un palazzo svuotato dalle ferie il compagno *Alberto*. Folle, da anni si faceva ricoverare da sé, si diagnosticava il male da sé, intratteneva gli psichiatri con dotta dottrina clinica.

1994 Aprile. Ultimo ricovero d'urgenza dell'innominato. Terminale. Terapia palliativa efficace.

20 aprile. Improvviso miglioramento, chiede per il barbiere, shampoo a secco, barba e capelli, facezie. Si lava da sé e aiutato strofinandosi bene con cotone

imbevuto di acqua di colonia.
21 aprile, ore 11:40. Decesso. Lascia con agio quello che basta a pagare le spese fisse di un funerale comunale mance incluse e le spese di chiusura di un'attività che la malattia ha consumato. Alla morte è presente un amico recente e intensissimo, un prete, tale don L***, compagno di liti furiose ma che non tenterà mai di convertire l'innominato. Al funerale chiede di parlare e dice di preciso, *Era un artista nel senso compiuto del termine l'innominato, la sua vita è stata il suo capolavoro.* Opinione che tutti i presenti induce alla lacrima.

1995 muore il compagno *il Fabbro*.

Morte dell'Innominato, live

È di nuovo sera e, a seguito di innumerevoli insistenze, abbiamo accettato un invito a cena. Non in casa, *Non ho nulla ma ci farebbe piacere se*, si è lamentata con grazia l'anziana cardellina, sicché facciamo piacere e montiamo di dietro, su una piccola auto, non riconosciamo la marca e il modello perché le auto da sempre ci paiono eguali a se stesse e, da seduti sui sedili posteriori, tutte egualmente nauseanti, poi via su per giravolte erte che lei alla guida affronta con il piglio un po' troppo simpatico di chi le conosce e antipatico degli anziani che si sentono padroni di sé e sovente degli altri, fino a un'osteria che rende l'idea di essere stata dispersa un giorno da una ventata, là nella radura del bosco dove all'improvviso la si incontra, tutta impavesata di luminarie natalizie. Soggiorno dal calore immenso, accogliente, di una stufa warm morning, calorosa è la cameriera, ipercalorica la cucina e il vino spesso. Smosso da quest'ultimo o con sprezzo del pericolo che forse esso può rappresentare per lui, parla parla il cardellin fratello della sorella la quale, per contrappasso, si mostra tanto poco attratta dalla carne quanto lo siamo noi; abbiamo davànzo dichiarato il nostro essere vegetariani alla cameriera la quale però con un sorriso tondo da mucca grata, ci ha gratificato di un menu speciale; e parimenti, quanto golosa di cioccolati e biscotti nel pomeriggio, tanto piluccona la cardellina di un poco di quasi niente, a quella tavola serale; inoltre si astiene dal vino, *Non mi piace proprio ché subito mi fa venire il sonno, non sarei di compagnia.* Il fratello abbiamo capito che tende al suicidio ne sia o non ne sia consapevole, o magari è la deroga che si concede fuori casa a una qualche minestrina serale obbligatoria, e che lo induce a scatenarsi adesso su un raccapricciante stinco di maiale con funghi e cipolle, così anatomico, così macellato nel piatto da costringerci a non guardarlo mentre goloso il medico lo seziona; e mastica mastica e parla, parla di creatinìne e albumine con la disinvoltura evidente di chi per tutta la vita ha discorso di cateteri e smegma mangiando purè alla mensa dell'ospedale.

Il babbo morì di innumerevoli malattie... è probabile che annunciassero da anni la loro volontà di confluire tutte in una sola con il titolo onnicomprensivo di vasculìte... poco le importerà... wégener non bella... non wagner... wégener... poliangioìte granulomatósa si muore male se questo la può incuriosire... provi a immaginare...

una infiammazione che degenera...... si spande col circolo... necrosi... le salto i particolari... parlo grossomodo... interessa ora un rene ora un polmone... ora... mangiano il vivo i batteri... ghiottoni... allora si va e si viene dall'ospedale... cura non c'era... ci si appellava al cortisone... oggi c'è dell'altro ma... allora santo cielo sono passati quanti; Vent'anni esatti, interviene lei che pensavamo distratta dal gioco di sbriciolare la mollica di un pezzetto di pane, ridurla a minuzzoli con la sola mano sinistra e farne con i diti dei màndala bianchi sulla tovaglia rossa; con la destra libera si affatica su un poco di una polenta grigia detta taragna ma con il fare dello scalatore sfinito invece che del commensale. Pausa. Il fratello termina un boccone e riprende, *Sa com'è la medicina... molto bene... tutti certi che certi danni non hanno che poche probabilità di essere rimediati... scarse... ma la pratica medica si interessa molto del tempo... quanto tempo si può tirare avanti un paziente nella cella della morte... gambe gonfie... reni che rènano contro... solo a catèteri... è il caso specifico... le ho detto che il male ha una vasta messe di segni... insomma si pensa che qualche anno in più... qualche mese siano importanti... i parenti tutti senza distinzione di casta... credono nell'immortalità dei miracoli... sempre il decesso li coglie sorpresi... fosse nemmeno né più che un eccesso della fortuna un dispetto fatto loro dal fato in persona... e anche quando con franchezza... gentile n'è vero... gli* spieghi... ah no... ah no... il babbo la nonna la sorella la zia... mamma mia... oh come sarebbe... dottore del cazzo... che nel mio caso è constatazione tutto sommato... corrispondente... si indignano... lei non capisce non sa cretino... firmano le dimissioni si appellano a un altro e a un altro... è il santuario e il santo stregone che cercano... macumbe anticaglie... oppure ti chiedono di fare tutto il possibile... a far cosa non si sa... del matrimonio finale tutti a dire che non s'ha da fare... il medico ha piacere nel somministrare la cura... fa un piccolo effetto... bene... fa un grande effetto... meglio... guarisce... ohibì ohibò che bravo dotto' che so'... come lo chiamerebbe lei... narcisismo o cosa. Pausa interrogativa per bere, durante la quale ci accorgiamo di stupirci per l'improvvisa brillante loquacità dopo i pomeriggi di pacato, talvolta monocorde narrare di fatti; un altro uomo o meglio un'altra parte per lo stesso attore. Vuole sapere come andò... parentesi... accanto a mio padre nel letto accanto c'era un altro nefropatico grave e sa... aveva due nipoti piccoli li portano a visitarlo... il nonno... sta per morire e il genitore pensa bene che... è ora... che i piccoli quattro cinque anni... sappiano... al vecchio lasciarono in dono uno dei loro vecchi biberon pieno di sassi, cianfrusaglie, monete, nastrini... una macumba... per farlo guarire... il vecchio... lacrime e sorrisi... strazianti serissimi i piccoli... ricordo bene. Pausa per bere, sciuc sciuc sciuc. Per fortuna o sfortuna il fatto di trattare il padre di un collega... il babbo poi sempre stato gentile... fin simpatico per un malato... da una parte li fece prodigare ai medici con mille attenzioni... casomai avessi in mente di far scontrare la mia con la loro opinione... la mia fede del tutto simbolica... dico assente... con la loro convinzione rivelata nella bontà delle cure... dall'altra alla fine dovettero dirmi ciò che sapevo... alla fine prevale il buon senso nei dotati di senso del nonsense... non che sia stata la prima volta ma farlo con un padre... una madre... con la mamma fu più facile era spacciata già alla linea di partenza non al traguardo... gran vantaggio... insomma dire guardiamoci in faccia caro confratello e collega... smettiamola lì... lasciamolo morire... oh non che non ti lancino un'occhiata di sollievo... ma là c'è l'intelligenza... benon sembra che un nanetto si freghi le mani nei loro cervelli... cervelli... non soffrirà aggiungono... meno male... ho letto... hmmm come mio padre... che scacco vero... non sono capace tanto di citare a memoria e di ricordarmi.... pressapoco... con la sofferenza si smette di fare la marionetta... dove si trovi scritto... colpire mi ha colpito... se lo ricordo... ma dove l'ho letto dove l'ho letto... chi lo ha scritto... poi forse l'ictarello che mi ha... piqué mi ha lasciato con poca voglia di... si ricorda ciò che già ci appartiene... insomma un tale... un poeta o uno scrittore non... ecco cervelli... ecco vede mi ricordo che è un titolo... cervelli... gran bel titolo... ho letto la frase... la sofferenza... bella davvero... mannàia la santa vinedda...

managgia la santa vinedda non so che vuol dire ma bestemmiava così un mio paziente un omóne bizantino... uno scolo... sapevi più dove scolarlo... litri di pus una gargouille... gran bella redenzione però continuare a fare la marionetta nei secoli appesa in milioni di chiese e catenine... ma ho la convinzione esatta che chiunque sia stato a raccontarsela alludeva a quel genere di sofferenza... esistenziale si dice... mi pare che si possa... non dico di non credere dolorosa la malattia... della mente dico dell'anima... la follia, sciuc sciuc, È un bell'antidoto se solo si riesce ad assumerla in dosi pesate... invece una marionetta che si piscia fuori una merda nera da un catetere e si contorce di dolore mi devono spiegare ancora... smetterla di agitarsi... e se la parca... eccola eccola eccola la frase giusta... chi pensa che con le parole si mente potrebbe pensarlo anche di queste... cervelli sono sicuro[i], sciuc tch tch, il vino finito, ci alziamo da tavola, elegante dovuto balletto alla cassa, ma perché perché sì, perché no, infine siamo ospiti. Fuori l'aria è affilata. *La parca... e se la parca non solo gli sta per tagliare i fili... sensazione già brutta quanto quella di sapere che di fianco a te già tutto incappucciato c'è qualcuno che ti sta aggiustando il cappio al tuo collo ma che per di più si diverte... la porca parca... a scuoterteli i fili... così zing zing... zing zing tanto per vedere quanto fa male tirarli...*

---

i Emil Cioran, *Confessioni e anatemi*, Adelphi, Gottfried Benn, *Cervelli*, Adelphi. [N.d.A.]

tira ahi e tira ahhhhi... e tira dai ahi aaaaaahhhhi... taglia.
 Si torna a casa.

1994 Cremazione

> Rose,
> Oh Reiner Widerspruch,
> Lust,
> Niemandes Schlaf Zu Sein
> Unter Soviel
> Lidern
> Rainer Maria Rilke - Epitaffio - Raron ,Ch

Come spesso alle fini, è un strettoia o un imbuto il finale, non un estuario. Cremazione. 120 minuti circa per passare dallo stato solido, acqua al 60%, a quello gassoso di zolfo, carbonio e di tutti i volatili di cui è fatto il vivente, a quel di residuo di fucina che valutiamo in grammi 2400 circa e che, ridotto in polvere per la bisogna, ci è stato detto essere stato disperso qui intorno sulle alpi cui il morto, a voler vedere, è stato restituito e là dove per un paio d'anni fu vivo o più di preciso, morto in contumacia. Da morto l'innominato ebbe a vestire per la seconda e ultima volta la divisa abborracciata per i pochi giorni che, prima dell'arrivo alleato, durò l'occupazione civile delle città da parte dei partigiani, camicia rossa, cinturone con fondina per la sua pistola 27CZ, tutto vero mica son storie, fabbricata a uherský brod-moravia, mai restituita mai ritrovata tra le cose del morto e non si sa come; stretti alle caviglie da un legaccio sbrindellato, calzoni di cotone che diremmo mimetico, al collo fazzoletto rosso anche quello e coccarda tricolore appuntata sulla camicia, un berretto militare con una stella cucita in fronte; in assenza di scarponi militari che del resto non sarebbe stato facile far calzare ai piedi gonfi di malattia, i suoi polacchini scamosciati marron. I curatori del teatro mortuario ebbero a tagliarli al calcagno per costringerli ai piedi. Con il cadavere, nella cassa adatta alla combustione, furono deposti due documenti di identità falsificati a nome di aldieri roberto di giuseppe e bergamasco anìta maria, il tesserino dei partigiani combattenti, la tessera mai resa al partito, per ripicca mica per sentimentalismo, la lettera di attribuzione, respinta al mittente ministero, di una medaglia d'argento al valore militare. Una fotografia in bianco e nero e a cassa aperta, scattata da chi non si sa ma conservata anche quella dai cardellini, è stata la prova di ciò che abbiamo descritto. Quanto agli episodi e a tutta la vicenda è chiaro che chi ha letto potrà o non potrà crederci. Le storie sono un teatro a due personaggi, un gatto ed un topo, ruoli giocati a vicenda un po' dal lettore un po' da chi narra. Non è poco ma è tutto qui.

Lecco, maggio 2021

Postfazione

So di sicuro che ci sono cose di questo lavoro che avranno infastidito il lettore. L'assenza dei due punti virgolette per introdurre il discorso diretto, l'assenza di maiuscole per i nomi propri e in tutti i casi prescritti. Non ho inventato niente tuttavia. È stato José Saramago a fare della minuscola, per così dire, la tonalità dominante dei suoi lavori. Ha il vantaggio grafico di lasciare che il testo scorra sotto gli occhi senza su e giù, in piano; un *parlato*. Di mio, a differenza del Maestro Saramago per introdurre il discorso diretto adotto il corsivetto aperto da una maiuscola. La questione è piuttosto tecnica, Simenon e Céline, altri se la sono posta e risolta in altri modi, io stesso in altri lavori ho agito diversamente.

Grazie per avermi letto, d'ascola

Made in the USA
Monee, IL
05 December 2021